Henri Michaux
内心的远方

Plume
précédé de
Lointain intérieur

〔法〕亨利·米肖 著
王佳玘 译

著作权合同登记号　图字 01-2020-5334

Henri Michaux
Plume précédé de *Lointain intérieur*
ⓒ Éditions Gallimard, 1938
All rights reserved

图书在版编目(CIP)数据

内心的远方/(法)亨利·米肖著;王佳玘译.
—北京:人民文学出版社,2021(2025.1 重印)
(巴别塔诗典)
ISBN 978-7-02-016668-8

Ⅰ.①内… Ⅱ.①亨…②王… Ⅲ.①诗集-法国-现代 Ⅳ.①I565.25

中国版本图书馆 CIP 数据核字(2020)第 196283 号

中国翻译协会"2020 年傅雷青年翻译人才发展计划"项目

责任编辑	朱卫净　何炜宏
装帧设计	李苗苗

出版发行	人民文学出版社
社　　址	北京市朝内大街 166 号
邮　　编	100705
印　　刷	凸版艺彩(东莞)印刷有限公司
经　　销	全国新华书店等
字　　数	70 千字
开　　本	889 毫米×1194 毫米　1/32
印　　张	6.75
插　　页	5
版　　次	2021 年 10 月北京第 1 版
印　　次	2025 年 1 月第 2 次印刷
书　　号	978-7-02-016668-8
定　　价	69.00 元

如有印装质量问题,请与本社图书销售中心调换。电话:010 - 65233595

目录

内心的远方 _1

中心与虚空之间 _3
魔法 _5
破墙而出的头 _10
我的生命停止了 _12
一匹小小马 _13
幻觉 _15
吃锁兽 _16
布道 _17
归 _18
有人想偷走我的名字 _19
当电动车回归天际 _20
一个女人向我征询意见 _21
自然,人的写照 _23
橡树 _24
刽子手 _25
摩尔的梦 _26
乡间周日 _27

_2

中心与虚空之间 _29

慢慢慢 _31

怪兽 _43

不屈者 _55

我自远方写信给您 _61

杂诗 _71
灾中休憩 _73
我的血 _74
布达佩斯的少女 _75
在死亡路上 _76
安详遍至 _77
思想 _78
衰老 _79
高大的小提琴 _80
暗夜里 _82
达喀尔的电报 _84
可你何时来？ _89

如石落井 _91

未来 _93

困境（1930） _97

A. 的肖像 _99

困窘之夜 _110

消逝之夜 _113

诞生 _115

死亡之歌 _118

命数 _120

内心的运动 _122

一个叫"羽毛"的人（1930） _125

一、一个平静的人 _127

二、羽毛在餐馆 _129

三、羽毛在旅行 _133

四、在王后的内宫里 _135

五、保加利亚人之夜 _139

六、羽毛的幻觉 _145

七、羽毛的手指痛 _147

八、拔脑袋 _150

九、一位九子之母 _154

十、羽毛在卡萨布兰卡 _156

十一、布兰俱乐部的贵客 _158

十二、羽毛在天花板上 _160

十三、羽毛和高位截瘫者 _162

锁链（独幕剧，1937） _165

建造者之剧（独幕剧，创作于1930年，1937年于巴黎演出） _189

跋 _206

内心的远方

中心与虚空之间

魔　法

一

我曾经紧张兮兮。我现在另辟蹊径：

我在桌上放了一个苹果，接着置身苹果之中。多么宁静！

这看似容易，我却尝试了二十年；况且要是从它开始，我就不会成功了。何以见得？谁叫它体积小，活得密不透光又迟缓，大概会让我内心受挫。这是有可能的。表皮下的思想很难美妙。

于是我从别的途径入手，转而与埃斯考河相联结。

在安特卫普，我看到了埃斯考河。它宽阔浩荡，波涛滚滚，将驶来的多层巨轮举起。这是条大河，真正的大河。

我决心和它融为一体。我整日伫立河畔，从无间断，心神却散落在众多无用的场景中。

就这样，不由自主地，我不时打量着女人们，而这是一条河所不能允许的，苹果也不能，自然中的一切都不能。

在埃斯考河与万千感觉之间，何去何从？突然，我万事全抛，随即置身于……不能说我就置身于埃斯考河中，因为坦白讲，情形并非全然如此。它奔流不息（这是一大难题），涌向荷兰，会从那里入海，回归零度海拔。

说回苹果。在那里，依然是几番摸索，几经尝试；过程一言难尽。不知从何讲起，也无法解释。

但我可以用一个词跟你们概括。这个词就是**痛苦**。

潜入苹果时，我通体冰凉。

二

我一看到她，就心生欲念。

起先为了吸引她，我释放出成片成片的平原。这些平原从我的目光中跳脱而出，兀自延展，和缓、亲切、令人心安。

平原的意象迎向她，她浑然不知地漫步其间，惬意满足。

待她全然放松，我占有了她。

事毕，我稍作休息、平复，又回归本性。我重新亮出自己的长矛、烂衣、深渊绝壁。

她感到彻骨极寒，发觉全然错会了我的意。

她面色萎靡，颓唐无力地离开，仿佛刚经历了一场强暴。

三

我很难相信所有人都自然而然地经历过这些：有时，我会深陷一个由自我幻化而成的独特、稠密的圆球中，乃至我坐在椅子上，对着两米之内摆在书桌上的台灯，哪怕圆睁双目，也要努力很久才能勉强望它一眼。

目睹这个将我与世隔绝的圆环，一种奇异的感受向我袭来。

似乎连炮火甚或雷电都不能靠近我身，因为四周有防护垫将我团团围住。

简言之，能将焦虑的根源埋藏片刻总是好的。

每当这时，我静若地窖。

四

这颗蛀蚀的前牙将针刺高高顶向它的根部，几乎要触及鼻下。感觉太糟了!

有魔法吗?倒是可以,但要使全身都栖息在鼻下附近。这也太失衡了!我踌躇不决,更何况我正忙于研究语言。

恰在这时,沉睡三年的耳部旧疾发作,炎症在我的耳根深处细密钻孔。

必须有所抉择。要不像跳入水中那样浑身湿透,要不就打破平衡位置,去寻找新的平衡。

于是,我放下研究,全神贯注。三四分钟后,耳炎部位的疼痛消失了(我熟识路径)。但对付牙疼则需要花费两倍多的时间。它占据的位置太刁钻,几乎就在鼻子下方。最终,它也消失了。

情形总是如此;唯有第一次会觉得神奇。难度在于找到痛处。要将全副身心朝对应方向聚集,在黑暗中摸索,努力圈定位置(不能专注的急性子会感觉痛及全身),然后一边突进,一边更仔细地瞄准它,因为它会变小,再变小,变得比针尖还要小十倍;你仍须毫不松懈地监视它,要更加专注地将你的欢欣射向它,直到面前不再有任何痛点。这说明你已精确找到了它。

现在须要自如地保持这一状态。五分钟的努力可以换来一个半小时到两小时的平静无觉。这是针对无特长、无天赋的人而言；而且这只是"我的时间"。

（由于组织发炎，某种压迫感持续存在，集中于局部一小块，与注射麻醉剂后的感觉一样。）

五

我极度孱弱（过去的我尤是如此），以致我若在精神上与某人不谋而合，无论他是谁，我会立刻被他控制，顺从他，彻底隶属他。不过，我会对此保持警觉，而着力于始终只做我自己。

得益于这条戒律，我现在越来越有胜算能避免与任何人的精神相一致，能在这世间自由来往。

好了！我已坚韧如斯，当然要向最强者发起挑战。他的意志能奈我何？我变得敏锐、细致，甚至在他面前，也能不被他发现。

破墙而出的头

每晚，我习惯于倦意降临前早早关上灯。

在我犹豫、诧异的那几分钟里，我可能会希望同某个生物交流，或是有生物主动来找我。我随即看到一个面长近两米的大头，成形的刹那就冲向一切将它阻隔在空间之外的障碍物。

它用力在墙上打洞，从碎屑中钻出来（我能感受到它，多过看到它），它满头是血，到处是痛苦挣扎的痕迹。

它每每与黑暗相伴而至，已持续数月。

如果我理解得不错，是孤独令我心情沉重，我下意识地渴望摆脱，但还不得要领，遂用这种方式表达，在最猛烈的撞击中获得无上满足。

这颗头是活生生的，顺理成章的，它拥有**自己的**生命。

它如此这般地千万次穿透房顶或破窗而入，像传动杆一样顽固，全速奔突。

可怜的头！

然而若想真正摆脱孤独，则须少些暴力，少些神经质，须避免让心灵仅满足于看热闹。

有时，不单是它，连我自己也会感觉拥有了一个流畅又坚硬的身体，与我本人的截然不同：这个身体变幻不定、灵活之至、无懈可击。轮到我猛烈地、无休止地冲向门、墙。我酷爱迎面撞向玻璃衣柜，击打、击打，撞破它，从中获得某种非凡的快感。我轻而易举地超出了食肉兽和猛禽的狂躁与冲动，感到一种无法言喻的盛怒。然而接下来，在看到反光后，我大惊失色，我无比惊异地发现，经过这么多撞击，玻璃衣柜竟然还未开裂，甚至连木材都未曾发出过丝毫声响。

我的生命停止了

我在海上。我们正航行。风突然降临。海由此显露出它的阔大,它无尽的孤独。

风突然降临,我的生命笃笃作响。它永远地停止了。

那是一个迷狂的午后,一个特殊的午后,"未婚妻隐匿"的午后。

那是一个瞬间,一个永恒的瞬间,恰似人声,它透出的健康轻易盖过了饥饿的微生物的呻吟;那是一个瞬间,所有其他瞬间都卷入其中,深入幽微处,一个接一个,鱼贯而入,没有尽头,没有尽头,我也被裹挟在内,被渐渐吞没,没有尽头,没有尽头。

一匹小小马

我在家养了一匹小小马。它在我的房间里飞奔。我以此为乐。

起先我有些担忧,怕它长不大,但我的耐心得到了回报。它现在已超过了五十三厘米,可以吃下并消化一顿成年人的饭食。

真正的麻烦来自伊莲娜那边。女人们可不简单,一粒马粪都能惹她们不快,让她们精神失常,性情大异。

"这么小的屁股,"我告诉她,"能拉出来的粪便微乎其微。"然而她……哎,算了,她现在已不成其为问题。

让我担心的是另一件事。突然有几天,我的小马出现了一些怪变。一小时内,它的头开始发胀,发肿,它弓起背,翘起身,散成丝丝缕缕,随着贯窗而入的风哗哗作响。

噢!噢!

我思忖它莫非是在装成马骗我。因为即便个头小，一匹马也不会像旗子一样随风招展，哗哗作响，哪怕只有片刻。

我可不想被蒙在鼓里。我曾那么精心地照料它，整晚整晚地看护它，为它防鼠，让它避过如影随形的危险和幼年多发的热病。

有时，它看到自己如此矮小而局促不安，惊慌失措。或是为发情所困，激跃而起，跳过椅子开始嘶鸣，绝望地嘶鸣。

四周的母畜投来关注的目光，母狗、母鸡、母马、母鼠，但也仅此而已。"算了，"它们决定，"跟从本能，各顾各的吧。算了，不该由我来理会。"于是直到现在，没有任何母畜予以回应。

我的小马悲戚地望着我，眼含忧愤。

可怪谁呢？怪我吗？

幻　觉

突然之间,她用来洗手的肥皂水变成了锋利的结晶、坚硬的针,鲜血知趣地消隐,让女人自己去应对。

片刻过后,正如这个热衷于清洁的时代所司空见惯的,一个男人来了,他也想洗。他高卷起袖子,沉稳、专注地将泡沫水(现在是真正的泡沫了)涂上手臂,却并不满意,硬生生地将它折断在水池边缘,开始清洗另一条即刻新生出来的手臂。它取代了最初的那条,比之更长。这条柔软的手臂上汗毛更密,更顺滑。他几近钟爱地为它涂好肥皂,突然目光凌厉地看向它,蓦地心生不满,"咔"一声摔断它。另有一条手臂从原处长出来,同样被他摔断。接下来是另一条,随即还有一条,接着又有一条(他始终不满意),如此直到第十七条,因为我在惊骇之余一直数着!随后,他带着第十八条手臂消失了,他宁愿不洗它,就原样使用,以应付日常需要。

吃锁兽

旅馆走廊里,我碰到他带着一只吃锁的小兽在游荡。

他将小兽置于肘上,它兴冲冲地吃起了门锁。

他随后走远些,小兽高兴地又吃掉一个门锁。接下来又是几个,不计其数。男人游移着,仿佛回"家"对他而言变得更为事关重大。只要他推开门,就有新生活向他开启。

可小兽对锁需求无度,它的主人又无奈地即刻出发,继续寻找其他的可撬之门,以致无暇休息。

我不想与这个男人有何瓜葛,我告诉他,我日常更愿做的事是出门。他翻了个白眼。我们观念不同,仅此而已,不然我会与他结交。他很有意思,但不适合我。

布　道

……厄运！他在小便池摔折了一条腿。

他是谁？大概是个神经质，可能是个害羞鬼。有什么念头从他脑中闪过。他一步踏空，摔折了一条腿。

不过是厄运之线的操控……

他正布道，孰料脚下的讲台支撑不住，塌掉了。

他还想布道，却跌落下去，像鱼一样被从水中捞起又被论斤售卖。这结局对布道者可谓凄惨。

他还想布道，却被扔进锅里烹烧，那响声让他昏昏欲睡，想起自己的种种愿景。众人企图让他屈服，拿他取笑。他们聚拢一处，幸灾乐祸。

但他还没被彻底打垮。他做了个意味不明的手势，仿佛在驱赶胸前的厄运，同时忍受着灼痛的缓慢煎熬。在此之后，他实已无力再布道，是的，气力全无。

归

我犹豫要不要回父母家。下雨了,我寻思:他们怎么办?随即想起我的房间里有天花板。"那又怎样!"我心怀戒备,不想回去。

他们现在喊我也没用。他们在黑夜中呼号,呼号,想趁夜里万籁俱寂时让我听到。那也是徒劳,绝对是徒劳。

有人想偷走我的名字

我今早刮胡子,微微咧嘴翘起唇,让面部绷紧,更贴合剃刀,我看到了什么?三颗金牙!可我从没看过牙医。

啊!啊!

为什么呀?

为什么?为了让我怀疑自己,然后抢走我的名字——巴尔纳贝。啊!他们从另一侧用力拖拽,拽呀拽。

但我也做好了准备,我要留住**它**。"巴尔纳贝","巴尔纳贝",我轻声默念,但语气坚定。就这样,在他们那边,所有尝试尽皆枉费。

当电动车回归天际

我唯一真正喜欢的东西就是电动车。喔！多么精致的腿，多么精致！抬眼望去，它们若隐若现。

正赞叹时，这双腿已疾奔回天际，速度飞快，它们一度只是违心地从那里离开。

这才是令人向往之处！这让狗们对着树根懵懂尿尿！让我们对其余的一切感到厌倦，却总被引向窗边冥想，在窗边，在朝向辽阔天际的窗边冥想。

一个女人向我征询意见

我直到二十四岁才长成锤头鲨（双髻鲨）。您觉得我是人们所说的发育迟缓吗？

我现在二十七岁了。

请回答，很紧急。

我急着告诉您：这个月的二十二号，四点零八分，一头年轻海象对我流露兴趣。

我该答应它吗？——当时的情况是这样的：那天晚上，它想借助黑暗玩弄我的膜，我该答应吗？

请快快回答我，我就要二十八岁了。

有人打听，这事关重大，是一位皇帝向我打听，能否徒手猎鲸，还是需要用渔网。可我已经忘记了。请回答我，并以名誉担保。请通过气压传送信回答我。您要是不知道，就找奥尔卡勒询问，他们都清楚。有四十万奥尔卡勒，都生活在太平洋。请寄送

"尖叫"药片和"大吼"胡髭,在热尔革莱耶①谱系上,还有二百八十个带外罩的。

紧急,十万火急。现在是四点二十八分。恼人的一天。它今日一大早就一直在周围徘徊。现在要做出决定了。请告诉我,**我应该杀了水牛吗?**

---

① "奥尔卡勒"(orcal)、"大吼"(cra)、"热尔革莱耶"(gergreil)均为诗人的自创词。——译注

自然，人的写照

黑暗在被木头燃烧的赤焰照亮时不会延迟散去，不会像心有不甘一样无精打采地散去，这从无反例。人类精神的安全感也基于同样的情况，而非建立在善恶的概念上。

不仅水永远准备着被烧开，只等着被加热，海洋也唯有在盛怒时才显露形状，那还是陆地下沉后强行赋予它的底部形状。余者则是风的刮痕。

水因这种服从而为弱者所喜爱，池塘、湖泊令他们愉悦。他们由此忘掉了自身的卑微感，终于得以喘息。这大片单薄的水域涌上他们心头，化作骄傲，化作瞬间的征服感。

就让弱者沾沾自喜吧。因为只消一句女孩的嘲笑和父亲的猜忌，就足以让他们被这出奇平静的水面倾覆，而他们曾自以为可以对它永保道统。

橡　树

我遇到一棵橡树，高如手指，状若痛苦。它的四片叶子里，有两片已完全变黄。剩下的则不得舒展，毫无光泽。

在它周围，我没发现有什么敌人或过度竞争。

想必是某个狡猾的寄生虫钻进过它的身体。一棵橡树而已，能怎样？它对一只寄生虫又算得了什么！

于是，我拔起它，连根带枯叶扔向空中！

有人说它坚韧，但要让它重新恢复到曾经的状态则绝无可能！它还不足以学会这些。

刽子手

鉴于我的胳膊乏力,我从没当成过刽子手。无论什么脖子,我都不可能恰当地切断它,以哪种方式都做不到。我手中的刀不但有可能撞到骨头上最硬的障碍,还可能切到脖颈处的肌肉,而被砍的这些人都训练有素,善于抵抗。

然而有一天,出现了一个要被处死的囚犯,他的脖子洁白又纤细,人们立刻在刽子手候补人选里想到了我。他们将犯人带到我门口,提议由我杀了他。

他的脖子狭长、柔嫩,可以当面包片一样切开。我立刻意识到,这的确令人跃跃欲试。尽管如此,我还是礼貌地拒绝了,一边深表谢意。

但几乎是下一瞬,我就后悔拒绝了他们。可为时已晚,普通刽子手已砍掉了他的头。他按惯常方式砍掉了它,像对待任何一个脑袋一样,不偏不倚,遵循砍头惯例,甚至没注意到个中差异。

我悔之晚矣。我气恼、自责,怪自己像从前那样迅速回绝,而且是神经质地、几乎下意识地回绝。

摩尔的梦[1]

……她在梦中旅行,来到一个黑人部落。

在那里,对待国王的孩子,要遵循传统将皇子交由亲母和一位奶娘哺育。但奶娘只能保留一个乳房,另一个则要被切掉,以使那部分胸脯平坦如男人(除了伤疤留下的结)。

目睹这些的旅者倍感诧异。

于是国王说道:"您想必同所有人一样都注意到了吧:孩子吃奶时,会一直触碰、抚摸另一个乳房,这样才最舒服。"

"但我们会切掉奶娘的一个乳房,促使孩子更快学会说话。因为这个缺失的乳房会激起他强烈的好奇心,他会不停地折腾,直到学会吐字,向周遭询问才罢休。"

"冒出来的第一个字,永远是'杏'。"

---

[1] 摩尔(Moore),苏珊娜·马来尔布(Suzanne Malherbe)的化名,她做了个梦,尽可能忠实地将其转录在这里。——原注

乡间周日

热莱特和热那冬在和缓的路上前行。

达尔维丝和博塔蒙在田野间嬉戏。

一个帕尔梅卡德女人,一个塌尔姆依兹女人,一个拉蜜尔蕾、弗鲁斯的帕里卡里黛尔老妇正赶往城里①。

卡丽奈特和法尔法璐芙在轻松闲聊。

鲍尔穆拉瑟家族的英俊男人巴吕斯沉迷在各色人群中,他邂逅了扎妮高娃忒。扎妮高娃忒面露微笑,接着,扎妮高娃忒腼腆地转过身去。

哎!帕里卡里黛尔老妇眼睛一瞥,目睹了一切。

"扎妮高娃忒。"她喊道。扎妮高娃忒害怕得跑

---

① 此节有多个米肖的自创词,均被诗人用作普通名词或形容词。其中,"帕尔梅卡德"(parmegarde)一词可拆解为法语中的"par mégarde",意为"不小心",抑或"parme garde"意为"紫发女看护";"塌尔姆依兹"(tarmouise)一词或许包含"缺陷"(tare)和"苦难"(mouise);"拉蜜尔蕾"(ramiellée)中包含"蜂蜜"(miel);"弗鲁斯"(foruse)可拆解为"非常狡猾的"(fort rusé)或"因使诡计而丧失权利"(forclos par ruse)。为保留阐释的丰富性,这首诗中的自创词多使用音译。——译注

掉了。

层云环绕的衰阳缓缓退出天际。

盛夏日末的气味似有若无,却沁入心脾,未来将成为脑海中一段无法言喻的记忆。

远处传来大海的低潮声呼隆作响①,比方才更低沉。蜜蜂已尽数归巢,只余些许蚊子聚拢成群②。

此刻,村庄里散漫不羁的年轻人去往他们的小屋。

这座建在山丘上的村庄勾勒出一座轮廓更为分明的山丘。哦咯房梁③与摇曳的稻草,搭配泛灰的锯齿形屋顶,整个村庄划破天空,仿佛一艘覆满甲板的小船,闪闪发光,灼灼耀目!

帕里卡里黛尔满心兴奋,几个年老的女无赖满脸肮脏的皱纹,满嘴污秽。她们咒骂一切,窥伺着迟到者。未来时光中难免啜泣与眼泪,想必会由扎妮高娃忒抛洒。

---

① 此处为米肖的自创词"embasse",隐含"en basse",意译为"低潮";"ranoulement"近"鼾声"(ronflement),故结合发音与意义译作"呼隆作响"。——译注
② 法语原文为"en goupil",goupil 是"狐狸"的旧称,源自中世纪故事集《列那狐传》。此处可联想到动词"goupiller",意为"组织,安排";或联想到名词"goupillon",指宗教仪式中的圣器,用于泼洒圣水。——译注
③ 此处为米肖的自创词"Olopoutre",隐含"poutre"(梁),故结合发音与意义译作"哦咯房梁"。——译注

中心与虚空之间

在康复初期，我大概正在康复中，谁知道呢？谁知道呢？雾气！雾气！人完全暴露在外，暴露到极致……

"可恶的蹩脚大夫，"我自言自语，"我悉心照料自己，却毁在你手里。"

即将面临漫长的焦虑。秋季！秋季！疲倦！我在"呕吐"这端等待，等待，我听到远处来自我沙漠旅队的声响，他们次第排开，朝我的方向举步维艰，打滑不前，陷入流沙，流沙！流沙！

夜晚，焦虑的夜晚，夜晚在蔓延，毫不留情地拖曳。"是群鹤，"我自言自语，如在梦中，"群鹤欣喜地望见了远处的灯塔……"

在肢体交战的尾声，这一次，我对自己说，我会挺过去的。我一度过于傲慢，但这次我会挺过去的，我挺过去了……简单得难以置信！我之前怎么没想到？……没有诡计，平庸的蛋里也能孵出完美的小鸡……

在这巨幕愈渐浓稠之际，我看到了！"有可能吗？"我自言自语，"人真有可能就这样飞起来吗？"

在中心与虚空之间，在泡沫搭建的巢穴中，达到彻悟……

慢慢慢

慢慢慢，有人①触摸事物的脉动；有人酣睡其中；有人时光绵长；平静安然，一世一生。有人吮咽万声，有人安然吮咽；一世一生。有人在鞋中居住。有人料理家务。有人无须再紧紧聚拢。有人时光绵长。有人且自品尝。有人在自己的拳头中发笑。有人不再相信可以知晓。有人不再需要计较。有人啜饮为乐；有人停杯亦欢。有人自造珍玩。有人自在，有人舒缓。有人此身慢慢。有人穿风而出。有人面带痴笑。有人不再疲倦。有人不再被触碰。有人盘腿而坐。有人在钟下不再愧赧。有人卖掉群山。有人安放鸡蛋，有人放松神经。

某人在说话。某人不再疲倦。某人不再倾听。某人不再需要帮助。某人不再紧张。某人不再等待。一

---

① "有人"对应法语中的泛指人称代词"on"，修饰这一代词的形容词通常使用阳性单数形式，但米肖在此诗中始终用阴性单数形容词与之搭配，故而"on"在全篇中可能指涉女性。——译注

人在叫喊。另一人是障碍。某人在翻滚,睡觉,缝补,是你吗,洛尔璐?

再也无能为力,再也无所牵连,某人。

有什么东西束缚着某人。

日或月,或森林,或兽群、人群,抑或城市群,某人不喜欢自己的旅伴。不曾做过选择,不做辨别,不去品味。

潮落中的公主放下了爪子;再无勇气去理解;再无心思诉诸理智。

……不再反抗。屋梁震颤这是你们。天空黑暗这是你们。玻璃碎裂这是你们。

有人遗失了人类的秘密。

他们以"局外人"的身份演戏。一位年轻侍从说"啵",一只绵羊为他送上一个托盘。疲倦!疲倦!四处皆寒!

噢!我十二岁的薪火,此时在何处噼啪作响?

有人的内心空洞在别处。

有人因为疲倦,因为对圆的喜爱,让位给阴影。有人听到远处传来尖尾凤的喧哗,这是株巨卉。

……抑或是一个声音猝然来到您心中叫嚷。

有人收容那些亡人，你们来吧，来吧。

有人正在天际寻找钥匙，颈间攀上一个溺水的女人，她在令人窒息的水中死去。

她拖在身上，令人不堪重负！她对我们的忧虑浑不在意。她绝望太深。她一味屈服于自己的痛苦。噢，磨难，噢，被摧残的人，脖颈被溺水的女人紧紧扼住，不曾停歇。

有人感受到地球的弧度。有人从此拥有了自然摆动的头发。有人不再背弃大地，有人不再背弃欧鲍，有人因水和叶成为姐姐。有人眼中不再有光，臂上不再有手。有人自负不再。有人羡慕不再。也不再被人羡慕。

有人不再工作。织物在那里，现成的，处处完备。

有人在最后一张纸上签过字，群蝶飞走了。

有人不再做梦。有人成为梦中人。寂静。

有人不再急于知道。

是空旷的声音在对指甲、骨骼说话。

终于回归自身，在纯粹之中，被轻柔的锋芒击中。

有人直视波浪。这些波浪不能再行欺瞒，失望地从船侧撤离。有人知道，有人知道抚慰它们。有人知道它们也心怀羞惭。

正像有人看到的那样，它们精疲力竭，正像有人看到的那样，它们惊慌失措！

一枝玫瑰从裸女身上滑落，被献给朝圣者；有时，偶尔，极其少见。时光没有泡沫，前线亦无音乐。

恐怖！无由的恐怖！

口袋，持续变大的洞穴。

天空与大地破败凋零，世界被吞噬，无谓亦无味，仅仅为了吞噬。

一位守夜人听我说话。"你说的，"她道，"你说的正是真相，这也是我欣赏你的地方。"这是守夜人的原话。

我被推入空心的拐杖中。世人的报复。我被推入空心的拐杖中，被推入注射器的针孔中。有人不愿看到我抵达太阳，与它赴约。

我自言自语："我会出去吗？我会出去吗？还是我永远都出不去了？永远？"远离大海，呻吟声愈发清晰，恰似有人钟爱的少年一脸高傲地离开之际。

至关重要的是，女人若想哭泣，就要趁早躺下，否则她将不堪重负。

在卡车的荫庇下可以安心进食。我履行我的职责，你尽你的义务，不要聚拢一处。

肃静！肃静！甚至不要掏空桃子。有人小心谨慎，小心谨慎。

有人不访豪富之家。有人不登学者之门。有人小心谨慎地蜷缩在自己的圆环中。

房屋是障碍。搬家工人是障碍。铁兰是障碍。

抛弃，推翻，用自己的血护卫自己的蜜，排挤，献祭，终结……众多芳香剂的长颈瓶在撞击中被掀翻。

噢，疲倦，对这世界的努力，无处不在的疲倦，敌意！

洛尔璐，洛尔璐，我害怕……黑暗不时而至，窸窣声不时响起。

听，我已靠近死亡的喧嚣。

你熄灭了我的所有灯火。

空气变得空空如也，洛尔璐。

我的手，竟化为乌有！你可知道……行囊尽失，不再背负，能量告竭。什么也没有了，可人儿。

经历：苦难；先驱是多么疯狂！

……总有海峡要穿越。

我的腿,你可知道,竟化为乌有!
我却在马车里不断想起你的脸……

他们试图用金丝雀的衬里欺骗我。我却一迭声地叫喊:"乌鸦!乌鸦!"他们已经厌烦。

留神,我已被吞噬了一多半。我像地沟一样浑身湿透。

"没有哪一年,"祖父说,"没有哪一年我见过这么多苍蝇。"他说的是事实。他显然说过……笑吧,笑吧,小蠢蛋们,你们从来听不懂这呜咽,我的每个字都如泣如诉。

衰老的天鹅再不能于水上保持端庄。
它不再抗争,仅只做出抗争的样子。
不是的,是的,不是的。就是的,我心中哀怨。甚至连水也叹息着滴落。

我结结巴巴,舔舐起泥沙。时而恶念顿起,时而横生事端……我倾听电梯的声音。你还记得么,洛尔璐,你一向姗姗来迟。

钻孔,钻孔,压抑,冰冷-苦难延绵无期。在灰烬中勉强小憩,殊为不易;几近忘记。

与你进入黑暗,曾多么甜蜜,洛尔璐……

这些人笑着。他们笑着。

他们躁动着。内心深处,他们无法面对万籁俱寂。

他们嘴上说着"那里"。他们总在"这里"。

前进的脚步杂乱无章。

他们谈论上帝,却仅限于纸上。

他们抱怨连连,却都随风飘散。

他们惧怕荒芜。

……在寒冷的包围中,路总在脚下。

阿拉加勒的欢愉,你们亡于此处。你卑躬屈膝也徒劳无用,你卑躬屈膝,象牙号角吹响,有人处境愈加低微,愈加低微……

在地下,群鸟飞在我身后,我却转身说道:"不要。这里是地下,容易受惊吓。"

就这样,我独自前行,步伐庄严。

从前,大地坚固,我跳舞,信心十足。现在,还有这可能吗?摘出一粒沙,整个沙滩轰然坍塌,你心知肚明。

有人疲劳地绞尽脑汁,有人知道自己在冥思苦想,这才是悲伤之处。

当灾难拉紧它的线,它会摧枯拉朽,摧枯拉朽!

"去追云，抓住它，要抓住它"，全城人都在打赌，但我没能抓住它。哦，我知道我本来能做到……只需最后一跳……但我已兴致全无。失去半个地球后，有人失去了支撑，再无心跳跃。有人再也找不到原地的那群人了。有人说："或许，或许也好"，有人只是想避免冒犯而已。

留神，我是陷入困境的影子的影子。

指间那轻盈、迅疾的气流，它现在何处……那些闪光在何处流动。其他人的手像泥土，像在下葬。

胡安娜，我不能久留，我可以肯定。因为你，我的一条腿像储蓄箱里的木头。因为你，我心如白垩，十指僵死。

倚栏的小心肝，我该及早抽身。你让我丢掉了孤独。你扯下了我的披盖。你令我的伤疤如花绽开。

她拿起我膝头的稻米。她在我手上唾弃。

我的猎兔狗被装进袋子。有人打家劫舍，你们听见了吗，你们听见房屋被他们摸黑抢劫时发出的声音吗？他们徒留我在原野，像座界标。我饱受极寒之苦。

他们将我打倒在天边,让我无从起身。啊!一旦陷入残暴的连环陷阱……

海底火车,无比痛苦!振作,不再在床上安卧。有人后来成了公主,有人当之无愧。

我告诉你们,我告诉你们我的真实状态,我也了解生活。我了解。经历过创伤的头脑已参悟世情。这头脑也看到了你们,来吧,只要你们一息尚存,它就会评判你们所有人。

是的,黑暗,黑暗。是的,不安。忧郁的传播者。这是怎样的馈赠!定位飞速消失。定位消失得无影无踪,追逐迷狂,追逐波浪。

诸大陆分崩离析,它们分崩离析,以使我们归于毁灭!我们的手在临终歌声中松开,溃败扬起巨帆缓缓驶过。

胡安娜!胡安娜!如果我没记错……你知道你何时说过,你知道,你知道我们俩将如何,胡安娜!哦!这场告别!可为什么呢?为什么?是虚空吗?虚空,虚空,焦灼;焦灼,像高耸的桅杆在海上独自矗立。

昨日,犹在昨日;三个世纪前的昨日;昨日,挥霍着我天真的希望;昨日,她怜悯的声音夷平了绝望,她的头突然后仰,仿佛随夜风骤然抖动的树上,金龟子翻身倒在鞘翅上,它银莲花般的细小附肢,多情却不施加束缚,意愿如水坠落……

昨日,你只消勾动手指,胡安娜;为我们俩,为了彼此,你只消勾动手指。

怪　兽

怪兽可以轻而易举地从焦灼与顽念中跳将出来,向外扑去,扑到房间墙壁上,唯其创造者才能觉察它们的存在。

疾病孜孜不倦地诞下一只独一无二的动物。

热病造出的动物远多过子宫。

不适感一经出现,它们就会从最不起眼的挂毯里窜出来,在最细小的弧线处面露狰狞,借助垂线向前冲,汲取疾病的蛮力和战胜疾病的努力而变大;这些动物令人焦虑,人却无法做出有效抵抗,甚至猜不出它们将如何移动,因为它们全身各个方向都长有爪子和附属器官。

长鼻兽并不专门针对女人;它们也会造访男人,触碰他的肚脐,使其心生忌惮。接着,所有长鼻汇聚成阳伞形状,将他团团包围——如何能抵抗?长鼻又快速变为触须。多么惊心动魄!正如预料的那样!噢!凌晨三点!焦虑的时刻,此时对黑夜的焦虑最空洞无着、最灵敏尖锐。

形态多样、因麻风病而通体蓝色的兽类在凌晨四点出现；它们突然转身，使你掉落湖中或陷入泥淖。

而眼睛始终是最能操纵恐惧的。

这头怪兽抬起爪子想缓解痛苦。你怎能不小心？它抬起后爪，一簇红棕色的皮毛中露出一只凶狠、恶毒的绿眼，眼中全是阴险、戒备；此外，它的脖颈上也长了一圈眼睛在疯狂地四处转动。另有审判者的密使从各处注视着你，它石头眼皮下的双目不动声色，兼具威严与计较，也不乏懊恼，会在你的理智没有防备时借机行事。

一旦疾病痊愈，它们就消失了，与人再无牵连。既然健康的生命与它们毫无干系，很快这庞大的兽群就四下散尽，人可以再次开始全新的生活。

唯独饱受禁欲之苦的人所造的动物不会死，它们无休止地跟在主人左右。

它们动作迅疾，阴郁又顽固，不时犯下兽行。它们或长满浓毛，某些部位萎靡绵软，或全身光裸，总想将自己变成蓝色。

不过还是说回猎物吧。病人躺在床上，盖着比自己还厚重的被子，他垂下的手像散掉的绷带一样单薄。哪个动物不会乘虚而入？正是报复的好时机。只见一只金龟子千里迢迢而来，就为了穿过这只令它觊觎已久的眼睛。它无力对抗整个人，但面对一层疲软的眼皮，还有什么是它做不到的？

它好奇地用爪子在他的眼球上滑动，这些爪子仿佛分成了三岔，尽管事实并非如此。

它想了解这条白色环路的一切，那上面还有蓝色区域。它不急不慌地拨弄着这绷紧的、上过浆的丧服。

几匹狼踱过来咬住病人的腕部不再松口，他的手脱了力。老鼠们跳跃着靠近，悄无声息，悄无声息。

一方的无力，正是对方的力量所在。

他甚至不能用死亡来自卫。在对方看来，他余温尚存，诱惑不减，仿佛兵营中身穿透明长裙的处女。

病人不停地想喊"救命"，他的注意力渐渐溃散，意志之线终于崩断。

听闻这根线断裂，曾经被抛弃在褐色湖中沉睡的骇人躯体和幽灵们，对这片不战而胜之地再无忌惮，它们从天边的每个角落、从过去甚至未来的每个角落，纷至沓来，势不可挡。

一艘运送棺材的小型舰队出现在海堤边，这时，一个被箭鱼刺穿的死人做了一个疲惫的手势，想必是出于同情。

一条舌头溃烂的狗犹豫着是否要舔舐病人。

一只头颅敞开的鼬鼠瑟瑟发抖,在汨汨流血的大脑里,一个带金属锯齿的小轮清晰可见。

从无休息;通体优美的天堂蜂,身呈焦黄色,它边飞边寻找支点,最后停落在病人唇上,痉挛着俯下身去。病人大为惊惶,却无能为力,无能为力……噢!致命时刻,生不如死的时刻!

病人喘息着,你能做什么?你甚至都捏不起一片虫翼!

他的手怎么样了……因为它不是一次就可以毁掉的。这只手几经奇遇,先被狮子磨碎,再由猎豹叼起,接着被熊捡走。这只手四分五裂,虽残破至极,却还能再招来天敌。

最后是鬣狗;却永远不是"最后"。这只手的残骸又漂浮在波浪上,从未受过如此多的照拂,它被不停地翻来覆去,滚下去又再度被拾起。

从铁锈色的山上窜出一群大型动物,另有成百只小个头的从各处冒出来,从下肢中,从线条优美的小腿中冒出来,诚然这条腿已空无一用;话说回来,有哪样东西不是空洞的呢?

从潮湿的墙壁中渗出许多蠕虫、蠕虫、鳗鱼、脆蛇蜥、七鳃鳗,还有永远嗜血、永远嗜杀成性的海鳗。

"它们必然不会多坚硬。"

"怎么可能！它们很快就硬了，它们在极短的时间内变硬，就像一件大衣，从背后看显得空空荡荡，但绕到前面，瞬间发现被某位大人物撑得满满当当，还一脸高傲地打量着你。"

没有一种动物是绝不伤人的。最迟缓、最自闭的动物也会在突遭无法忍受的袭击时爆发，它会门户大开，外壳破裂，将沉重、丑陋的肠衣暴露在外，这一负载曾被尽力遮掩，以免自己和旁人看到。

谁还提到过有些动物容易受惊？恰恰相反，它们是生性好奇。一得知你被困床上就过来看热闹。它们落到你身上攻击你，它们的焦点只在你身上。

甚至连物品的焦点都只在你身上。它们悬挂着，伺机从你身上找到焦点。静止状态所拥有的巨大力量使它们可以适时攻击可怜的病人，令他战栗不停，永远处于警觉状态。

有人因盯着一块岩石太久而被它击中。岩石未曾移动过，所有当地人都能作证。再说传闻也无关紧要，无关紧要，病人会从**亲身经历**中知晓。

在动物的世界里，一切都是变形。简言之，它们只惦记这个。告诉我，还有比马更形态多变的吗？

它时而是海豹，会在浮冰的两条裂隙中冒出头来换气；时而凶狠残暴，像发情的大象压碎一切。

你扔一个弹珠到地上，这是一匹马。两个弹珠，两匹马。十个弹珠，至少七八匹马……如果时机成熟的话。

只见它们突然从火车站里汹涌奔来，硕大、柔美的头颅疯狂摇摆，如癫似狂；它们蜂拥奔向出口，踏过沿途的一切，就连你自己——可怜的病人，怀揣对自由的幻想——你也被拖向车站，拖向火车。这些火车只需少许银钱，就可以开进海里，开进山中。

回来时，你发现它们这次又变得像粘人的卷毛狗，总在索取爱抚，总能找到瓷器打碎，或是拿某个雕塑精致的鼻子毁灭性地撞向一块更坚固的材料。

人却不敢将它们送走，因为它们在楼梯间又一次变成了壮硕的佩尔什马①。它们不但鸣声如雷，会引来所有房客，还会对自身和外部环境造成巨大伤害（很容易预见它们会折断腿弯！）。十二匹马聚在一处，最宽敞的楼梯也只能勉强容纳，况且碰上更宽敞的楼梯，就会有更多的马和骑兵队（病人的想象力在算数

---

① 佩尔什马（Percheron），法国最著名的挽马品种，自18世纪末起广泛用于邮政业务及交通运输。——译注

时从不会出错。想象力从来都不可小觑,从来都不可以。)

它们鼻孔上火,脖颈僵直,嘴唇抽搐,它们从各处滚下去;没有任何东西,显然没有任何东西可以挡住它们。

关于马已经说得够多了。每处场景都壮观,慷慨地供人观看。

疾病在高烧的鼓声助威下,在蕴藏了大量动物的生命之林里驱赶猎物,有什么是赶不出来的?

对病人而言,不存在灭绝的物种。它们可以在沉睡四万年后苏醒。

箭齿兽为他复活,只为他一个人复活;巨型恐鸟为他产下最后一个蛋,随即猛扑向这个肆无忌惮旁观它的无知猎奇者。他太不谨慎了,从来都不够谨慎!当他被掀翻,巨型的大地懒正直起身,躯干上仍沾着第三纪的淤泥,它一脚踩上他惊恐的胸膛。

有什么是疾病做不到的?

你本人所感受到的翻转和烦躁会引导动物们身体后仰,骨骼脱臼。

猴子身体后仰变成了扫帚,一把红棕色的扫帚懒洋洋地斜靠在墙上。

水獭身体后仰变成了海绵，它一动不动，慢慢沉入水中。

驴身体后仰变成了水牛，又变成鲨鱼向你冲来，它翻转吻部正要咬你，你却被皇蟒卷起缠绞，被它收紧、挤压你的胸廓直至断裂。

这个凶残的游戏在漫漫长夜里延续着，发热病人的长夜。

更大的不幸降临了。曾经捉摸不透的头脑，一旦有人参透了它的秘密，就不会再感到惊奇。

兽群在脑海里时，尚可容忍你；兽群一旦跑起来，谁会容忍你？旋律声中，你会不会变成尖头的钉子？

螺旋钻潜入大脑，用无可匹敌的尖端刺穿锋刃的当下。有什么是只存在于此时此刻的？疼痛的枝杈迅疾如电，没有鸟儿能在上面落脚。

同样，有些时候，疾病消失了，它上演的戏剧也随之谢幕。幸福的康复阶段见证所有动物由大变小，日渐稀少；草原转绿，复归祥和；墙壁和家具重拾呆头呆脑的神情，它们一无是处，除了擅长永远留在原地，让自己和你的精神得到休息。

阔大的床单在你耳边撕裂，可以"听到"一种深沉的寂静，来自四周的洞穴，这些洞穴看起来并不准备消失。

唯有细微的沙沙声才能与这深沉的寂静相容,健康就存于其中。来吧,孩子,你已回归生活。

单纯又健忘……直到下一次。

不屈者

离开阳台前络绎不绝的大千世界,被迫回到光阴冰冷的嘴中,被它蚕食,那里没有拱廊,只有成百上千须仓促完成的俗务;被迫从美妙的巨大虚空中离开,方才还栖居其间……

醒来后的悲伤!

即将再次坠落,卑躬屈节。

男人回归他的挫败:日常生活。

他的光彩已无人见证,他无话可说。他甚至可能被当作白痴、庸人,被认为一无是处;而不久之前,他还身处堂皇之地,高居御座之上,身侧是诸位蒙面君王,身后是亲随如云。他一直向上升去,越升越高,越升越高,直到抵达天穹之顶,巨大的胜利号角吹响,独自迎接他的到来。

一切都已终结。枉费这个可怜人曾在巨力推动下重登命运的轨道。枉费他曾向天而升。

他被迫要在须臾之间离开真正的家人，他天界的亲人，对未来能否重逢心怀忐忑；此刻他要回到那些自称为血亲却并不了解他的陌路人中间了。

他环顾四周，感到不堪重负。

光阴裹挟着他，如同一列慢车运送每日临时雇用的零工。喂，上路了！他被迫动身离开。

然而他也在思忖如何才能重返失乐园（哪怕有时是地狱也无妨）。

他酝酿逃亡，因为"胆小鬼们"也是"顽固派"，既不会让自己被击败，也不能容忍自己被说服。他们全体整肃在铁蹄下，日渐壮大。

一切手段对他而言都是好的。不需要什么鸦片。对于选择在另一阵营中生活的人，一切都是毒品。

他用咖啡的强劲效力击打自己的心脏，甚或只是用疲倦，甚或只是用想象，用横流的欲念，他离地起飞。

他凝视着静物们的世界，它们却开始歌唱，把控音调。

林荫大道旁的房屋像要变作巨舰，开始化为流线型。

建筑物的部分拱顶缓缓摆动起来。
不断有天花板掉落……再也没能复原。
从他自己的脸上射出诸多面孔,在四面八方注视着他。

他的太阳穴在引吭高歌,如男高音般嘹亮;而体内的器械却渐渐僵硬。

暴风雨中,他听到大千世界的轰然声响。噢!它的回音多么奇特!他还看到了它的本来面目,颜色泛黄,黄色为主,混合了些许泥浆和赭石。
他踏上轨道,生命彻底转向。每一次直线上升后都是如此。这是令人眩晕的追逐,旋涡之中没有甲板。
他的心开始跳跃如球。
此刻情感的湖泊在胸膛中震荡。
如气泡一般,崭新的天际浮现,扩大,膨胀,爆裂,再次浮现,延展,膨胀,周而复始,循环不绝……
震颤形成的护甲有条不紊地迅速就位,此刻将他与世隔绝，正如梦游者深藏在内的心声将他与世隔绝，使他抽离黑夜、陷阱和光的严重匮乏。

圣灵显现之前，身处无上的宁静之中，他被激发的生命在等待天启。（天启是否会出现则取决于其他因素。）无论如何，这座山坡即将被跨越，但总会有另一座山坡横亘面前，他再次坠落。

加倍的劳累尽管在一开始令人沮丧，但对他而言也是新的契机，让他可以后退，离开世间这可憎的等级区隔。

溃散的统领摧毁了最后的脚手架，将一切都夷为灰烬，打造成废墟。

由此可见，他想必是位伟大的筑造者。他不费吹灰之力，就已然是伟大的探险家。

没有目标，没有磕磕绊绊，须擅长向下滚动。

这是石头的翻滚游戏。

他打开窗户。片刻后，他从数小时的飞行中回来。这就是他的大写的时间。这就是他的生活。

我自远方写信给您

1

"我们这里,"她写道,"每月只出一次太阳,时间还很短。人们提前数日就拭目以待。但也是枉然。光阴无情。太阳只会按自己的钟点露面。

"接着就是趁光亮尚存,有满世界的事要做,人们甚至顾不上看彼此一眼。

"我们的烦恼就在于,到了夜里还要'劳作',这是当务之急:相继出生的却全是侏儒。"

2

"走在乡间,"她继续倾诉,"有时会在路上遇到一些庞然大物。那是群山,行人迟早要向它屈膝。没办法抵挡。即使用疼痛刺激自己,也无法再前行。

"我说这些并不是为了伤害谁。我要真想伤人,完全可以说些别的。"

3

"这里的清晨灰蒙蒙的,"她继续道,"以前就不总是这样。我们不知道要怪谁。

"夜里,牲畜们发出巨吼,持续良久,到最后鸣声如笛,令人心生怜悯,但又能如何?

"桉树的气味环绕着我们:慈悲、宁静,但这并不能抵御一切。您觉得这真的可以抵御一切吗?"

4

我再跟您多说一句,确切地说是一个问题。

在您的国度,水也是流动的吗?(我不记得您是否跟我讲过了)如果真的是水,它也能让人战栗吗?

我喜欢它吗?我不知道。水要是冷的,身处其中会倍感孤独。水要是热的,感觉又大不相同。怎么办?如何判断?当你们无所遮掩、开诚布公地谈论它时,请告诉我,你们其他人是怎样想的?

5

我从世界尽头写信给您。您要清楚这一点。树木时常颤抖。叶子被收集起来，它们的脉络繁杂到惊人的地步。可这又有什么用？它们和那棵树之间已再无瓜葛，而我们则尴尬地四散而去。

是不是没有了风，世上的生命便无法继续？还是万物都需要一直抖动，无止无休？

此外还有来自地下和屋内的骚动，仿佛怒火冲你们迎面而来，亦如严厉的人想要索取忏悔。

除了不值一见的东西，我们什么也看不到。明明什么也看不到，我们却在颤抖。这是为什么？

6

生活在我们这里的所有女人都喉头紧锁。您知道吗，尽管我现在非常年轻，可从前的我青春更盛，我的女伴们也是一样。这说明什么？这其中必有某种可怖之处。

正像我告诉过您的，从前，我们更年轻时，曾心怀恐惧。好像有人要利用我们的困惑。好像有人对我们说:"现在,我们要将你们埋葬。时辰已到。"我们真的曾以为,如果确实是时辰已到,我们也可能当晚就被埋葬。

那时我们不敢跑太远:气喘吁吁地跑了一阵后,我们来到一处准备就绪的墓坑前,没有时间说话,也不敢喘气。

请告诉我,这句话里到底有什么深意?

7

"这里总有狮子在村子里毫无顾忌地溜达,"她继续对他说,"它们算准了我们不会在意它们,它们也就不在意我们。

"但要是瞧见一个年轻姑娘在眼前跑,它们可不会为她的惊惶找借口。才不会!它们会立刻将她吞食入腹。

"这就是为什么它们永远在村子里溜达,无所事事,因为它们在别处也同样会清闲得打呵欠,这不是显而易见的吗?"

8

"很久、很久以前,"她向他吐露,"我们与大海的斗争就开始了。

"极罕见的几次,它面色蔚蓝、和缓,想必心情正欢。但这很难持续。它其余时候的味道足以说明这一点,那是一种腐烂的气息(不然就是苦涩)。

"我要在此解释下海浪的事。大海它复杂至极……请相信我。难不成我会骗您?大海不是一个词就能概括的。它不仅仅是恐惧。它至关重要,我向您保证;人们总会看到它。

"谁?当然是我们,我们看到它不远万里而来,就为了向我们寻衅,令我们恐惧。

"您要是来就能亲眼看到,您会大吃一惊,脱口而出:'嚄!',因为它能使人目瞪口呆。

"我们一起看着它吧。我敢保证我不会再害怕。告诉我,永远不会有这一天吗?"

9

"我不能让您心存疑虑,"她继续道,"不能让您缺乏信心。我想再跟您聊聊大海。但还是有困惑之处。涓涓溪流会前进,大海却不会。您听我说,切莫生气,我向您发誓,我绝无欺瞒之意。它就是这样,尽管它跌宕起伏,却会在一丁点沙子跟前望而却步。

这庞然巨物被困住了。它显然是想向前移动，但事实就摆在那里。

"也许今后某一天，它会向前移动的。"

10

"我们从未像今天这样被蚂蚁环绕，"她在信中写道，"它们焦躁不安，飞速行进，腾起尘埃漫漫。它们对我们毫无兴趣。

"没有一只抬头。

"这是一个封闭性最强的群体，即使它们永远散落在外。无论它们有什么要实现的计划，无论它们心系何事……它们都往来于同类之间……无所不在。

"直到现在，仍然没有一只抬头看过我们。它们宁可被踩碎也不抬头。"

11

她继续给他写道：

"您无法想象天空里都有什么，必得亲眼目睹才会相信。所以，看呀，那些……等等，我还不想马上告诉您它们的名字。

"尽管它们看起来很沉，几乎占据整个天空，但其实并不重，无论它们有多大，都跟新生儿一般分量。

"我们管它们叫云。

"的确，云里会流出水来，但不是靠压缩，也不是靠研磨，这都没用，它们的水分很少。

"但只要它们越聚越长，越聚越长，越来越宽，越来越宽，还要越积越高，越积越高，不断膨胀，渐渐地，它们就能落下几小滴水来，对，是水，而且的确会将人淋湿。大家四散奔逃，为受到作弄而恼怒。因为没人知道它们何时会放水；有时候，它们盘桓几日都不会落下半滴，让人白白待在家里空等一场。"

12

这地方没好好教人如何打哆嗦。我们不了解真正的规则，有事情发生时，我们毫无防备，被吓得正着。

这就是时机问题，毫无疑问。（您那里也是如此吗？）须要提早料到。您明白我说的意思吧，只要稍稍提前即可。您知道抽屉里的跳蚤这种事吧？您肯定知道。就是这么真实，对吧！我不知道还能说些什么了。我们到底何时能相见？

杂 诗

灾中休憩

灾难,我非凡的劳作者,
灾难,你坐下吧,
歇歇吧,
你和我都稍事休息,
休息,
你找到我,你折磨我,你将之证明给我看。
我是你的废墟。

我的大剧场,我的避风港,我的炉膛,
我的金窖,
我的未来,我真正的母亲,我的天际。
在你的光芒中,在你的浩瀚中,在我的惶恐中,
我就此沉溺。

我的血

我蒸腾的血,我跋涉其中
它是我的唱诗班,我的羊绒,我的女人们。
它没有外壳。它自我沉醉,它四溢蔓延。
它用玻璃、花岗岩、碎片将我填满。
它撕扯我。我活在爆裂之中。

在咳嗽、残酷、忧惧之中,
它筑起我的诸座城堡,
在画布、纹理、色块之中,
它将城堡们照耀。

布达佩斯的少女

少女吐纳如煦雾,我于其间落坐。
我后退,未离席。
她的手臂轻若无物。触之如水。
枯萎的生命在她面前消隐。唯余她的双眸,
修长的芳草、秀颀的花卉在我们的田野中生长。
我胸前的壁障如此轻盈,似你正依偎在前,
紧紧倚靠,而今你已不在。

在死亡路上

在死亡路上,
母亲遇到一块大浮冰;
她正要开口,
却为时已晚;
大浮冰如棉絮。

她望向我们兄弟俩,
潸然泪下。

我们告诉她我们完全明白——无比荒谬的谎言。
她却如少女般嫣然一笑,
恰似昔年的她,
巧笑倩兮,近乎狡黠;
她随即被黑暗裹挟而去。

安详遍至

病弱的心脏无妨精神的安详。
安详周流遍至,将它的法则酝酿,
它任由生命汲取,
生命溟濛,生命……
却车身滞重,滞重,滞重。

安抚神经,
用风吹送它们,
甜蜜口中的热风,
极端沙漠的热风。

"现在……合拢你焦虑的花冠!"

思　想

思考，生活，庶几无差的海；
自我——本我——颤抖，
无限在震颤不止。

渺小诸界的阴影，
众影之影，
翼之灰烬。

思想在畅游，
滑进我们体内、我们之间，又远离我们，
遑论照亮我们，遑论深入其中；

吾宅的异客，
永远在贩卖，
令人分心又耗散生命的尘埃。

衰 老

夜晚！夜晚！多少夜晚才换来一个早晨！
飘零的小岛，消融的身体，碎屑！
平躺床上，身体散落成千块，失常竟如此致命！

衰老，夜灯，记忆：伤感的竞技场！
无用的器械，徐徐坍塌的支架！
如此这般，我们被撵走！
被推搡！被推搡着离开！
如铅下坠，背朝轻雾……
灰白的轨迹上，未能洞悟。

高大的小提琴

我的小提琴形状高大如长颈鹿；
我要攀爬着演奏，
随其嘲哳声跳跃，
飞奔在它灵敏的琴弦上、它饥渴的肚腹上——欲壑难填处，
尚无人能满足；
飞奔在它溢满悲伤的木质心脏上，
永无人能解读。
我的长颈鹿小提琴音色低沉，震耳欲聋，如隧道回响，
像被自身拖累，不堪重负，正如不知餍足的肥鱼向往渊冲，
滑至琴头，一曲高亢之音饱含期望，
声调飞扬如箭矢，绝不退步。
它激愤如狂，将我卷入它的控诉，卷入它鼻腔的轰嚣，

仿佛出其不意，

我突然从中听出个别重音，或惊惶，或如受伤的婴啼，刺耳，穿心，

连我也开始同情它，心有不安，懊悔绝望，

还有某种莫名的东西将我们连为一体，因其悲怆，又将我们分离。

暗夜里

暗夜里
暗夜里
我与夜融为一体
夜无极
我与夜融为一体

我的夜,很美,我的夜。

夜
生之夜
用我的叫喊、我的发绺将我填满
夜,你与我相拥
卷起波翻浪涌
蒸腾环绕四周
吞云吐雾,厚密浓稠
你呼号咆哮

你是夜。

夜驻足停歇，夜无可改变。

它的赫赫宣威，它的时空延绵

它的时空高悬于顶，它的时空笼罩四野，

它的时空啜饮，它的重量统领六合，万物俯首

俯首在它的重量御下，在比线更纤细的重量御下

暗夜下

夜。

达喀尔的电报

黑暗中，每个夜晚，
乡间的汽车。
猴面包树，猴面包树，
猴面包树，
平原长满猴面包树。

猴面包树　不计其数　猴面包树
猴面包树
眼前，天边，四野，
猴面包树，猴面包树。

黑暗中，每个夜晚，
天低云淡，形状松散，
如积满灰尘的褴褛衣衫，
破碎不堪，被察觉不到的微风驱赶
云似丧钟，
笼罩着静止不动的猴面包树，状如死尸。

诅咒！

对含的诅咒①！

对这片陆地的诅咒！

村庄

沉睡的村庄

村庄再次进入

被猴面包树覆盖的平原

猴面包树　猴面包树　猴面包树

被猴面包树折磨的非洲！

热带草原上的领主。老人与蝎子②。

---

① 对含的诅咒（Malédiction sur CHAM），典出《圣经·创世纪》：闪、含、雅弗是挪亚的三个儿子。挪亚离开方舟后，作起农夫，栽种了一个葡萄园。他喝了园中的酒，赤身醉倒在帐棚里。含见状走到外面，将父亲的情形告知他的两个弟兄。于是闪和雅弗拿件衣服，倒退着进去，背着脸给父亲盖上，不见其裸体。挪亚醒酒后，得知含的所做作为，就说含的儿子迦南当受诅咒，必给他弟兄闪、雅弗作奴仆的奴仆。——译注
② 老人与蝎子，或许指传统道德故事：一老者见一蝎子溺水，伸手搭救，却被蜇伤，蝎子落回水中挣扎，老者再伸援手，再次被蜇痛。旁人不解问道："你救它，它就会蜇你，为何还要坚持？"老者回答："蜇人是蝎子的天性，但这也改变不了我善良的天性。"他思索片刻，拿起一片叶子伸进水里，终使蝎子获救。——译注

心肠顽固的废墟。热带草原上的桩基。

苦难大地上,达姆达姆鼓声残喘。

大陆在恐慌中望弥撒。

猴面包树。

村庄

黑色

黑色,远比暴晒下的颜色更黑

黑色的脑袋无从防备地被黑夜吞噬。

有人对无头者们交谈

无头者们回以"呜噢咯夫"①

黑夜甚至将他们的手势一并掠走。

脸被慢慢填平、模塑,再无支撑

黑脸遍布的村庄

转瞬即逝的村庄

消失的村庄

猴面包树　猴面包树

问题扎根在那里,横亘不去。

---

① 呜噢咯夫(ouolof),塞内加尔、冈比亚等非洲国家使用的一种语言,米肖在《起源的寓言》(*Fable des origines*)一书的初稿中曾将这个词当作地名使用。——译注

僵化——加剧
枝杈繁重的树拙滞如沉箱
如侵染象皮病的手臂,不能弯曲。

哦远方
哦　阴郁的远方　孕育着其他猴面包树
猴面包树,猴面包树,猴面包树
我从未见过如此多的猴面包树
无边无际地蔓延。猴面包树。

偶有一鸟,低缓飞过,状如破布
一个穆斯林伏地祈求真主安拉
别再有猴面包树。

哦,海从未如此苦涩
远处的港口窄小如钳
　　　(极度压抑贫瘠的中转站)

别再有
别再有
别再有猴面包树
猴面包树

猴面包树

也许永远不再有

猴面包树

猴面包树

猴面包树。

可你何时来？

可你何时来？
某一天，你会将手伸向
我居住的街区，
恰逢我彻底陷入绝望的时刻；
在雷鸣的瞬间，
携恐惧与威严将我拽离
拽离我的躯体，我结痂的躯体
拽离我的思想-图像——可笑的天地；
加诸于我的是你骇人的探测器，
你的出现是恐怖的铣床，
在我腹泻之际，在须臾之间
矗立起你笔直的大教堂，高不可攀；
你将我抛出，以非人的姿态，
浑如将炮弹送入垂直的轨道，
那时候，**你会来临**。

你若存在，就一定会来，
会被我的挥霍，
被我的无法无天所引诱；
那时，你会穿破太空而来，从无论何处，或许从我动荡的内心深处而来；
将我的火柴掷入你的放浪形骸，
永别了，米肖。

或者，什么？
绝不会？不会么？
喂，我的鸿运，你到底想掉落何处？

如石落井

我在寻找一个可以侵入的生灵
液流成山，神之馈赠，
我的另一极，你在哪里？这份厚礼一再被延迟，
冉冉腾起的潮汐，你在哪里？
要防止我难以忍受的压力在你身上激烈澎湃！
盗用你。

自我出现：失控的工具。
让自我承担重压
让孤独承担重压
让四周承担重压
让虚空承担重压
去疏导。

世界因空缺伤痕累累
百万禁忌盘根错节

乌烟瘴气的过去
把卑躬逢迎当作堤坝
噢！幸福的庸众
吮吸旧世纪的破败与表皮
以及充斥着廉价欲望的文明
来吧，这一切都属于你们。

愤怒未曾创造世界
但愤怒应在其中生存。
异见同伴和未及收回的唾弃
同伴……并没有什么异见同伴。
如石落井，我向你们挥手！
顺便说一句，见鬼去吧！

未 来

即将到来的诸世纪
我真正的现在，永恒的现在，
萦绕不去的现在……

我所降生的年代，人们仍为从巴黎去北京而迟疑，因为当午后行将过去，人们会担心不能赶回来过夜。

噢！即将到来的诸世纪，我似乎看到了你们。

一个令人惊叹、光彩夺目的小时代，公元第1400个世纪，让我来告诉你。

过去的问题是让月亮能在太阳系之外呼吸。一个有趣的问题。时值134957年秋季，天气酷热，月亮开始移动，其速度使夜晚亮如夏日的二十个太阳，而且月亮会依照计算运行。

无限遥远的诸世纪；

微缩人的世纪，他们的寿命是 45 到 200 天，他们的身高与闭合的雨伞相仿，他们的智慧程度恰到好处；

有 138 种仿造人的世纪，全部或几乎全部都信仰上帝——这是自然而然的！——为什么不呢？他们可以毫发无损地在平流层中飞行，可以穿过 20 道化学武器屏障。

我看到你们了。

然而，我并没有看到你们。

12000 年的少女们，你们从会照镜子的年纪起，就学会嘲笑我们拙笨的努力，妄图摆脱大地的束缚。

你们已然让我如此痛苦。

为了有朝一日来到你们中间，我可以即刻交出自己的全部人生。

哎，却没有一个魔鬼愿意帮我。

那些关于飞机的轶事（人们仍在使用航空煤油，你们知道内燃机吧），那些愚不可及、依旧幼稚的社会阅历，不再使我们感兴趣，我向你们保证。

人们探测到了2250000公里之外、来自射手座方向、于15秒后传回的无线电波，还有另一束极为微弱的无线电波，来自几百万光年之外；我们尚不清楚要拿它作何用途。

你们想必知道人的思维和性格中最重要的决定性因素，以及人的洁癖

你们想必知道那些巨大星云的神经系统

你们想必可以与比人类更具才智的生物交流，如果它们存在的话

你们想必可以在星际间生活、遨游，

永远，永远，你们永远不会徒劳无功，你们永远不会知道地球是怎样一个可悲的郊区。我们曾经无比卑微，极度渴望更加强大。

我们曾觉得监狱无处不在，我向你们发誓。

不要相信我们写出来的东西（那些专业性的东西，你们懂的……）

人们尽己所能互相欺骗，1937年发生的事并不稀奇，尽管除了苦难与战争，什么也没有。

人们感觉自己被钉牢在这个世纪，

有谁能坚持到最后？不会有很多人。我就不能……

人们觉察到在远方,在远方,对你们的拯救正在酝酿。

想到你们,人们黯然神伤,

我们曾经是风云人物。

我们含泪看到了诸世纪连成的巨大阶梯,你们在顶端,

我们在末尾,

羡慕你们,噢!对你们羡慕至极,妒恨交加,不要以为,你们曾被人憎恨,被人憎恨……

困　境

(1930)

A.的肖像

要是大西洋就好了,人们会说:海洋!"海洋!"人们会在心里四下张望。

然而出世的却是一条孱弱的生命,他降生在陆地上,状若老鼠,几不可闻地吱吱叫了一声,还听不真切。他毛发稀疏,他一闪而过;随之又是一片静寂。A.的生命,混同于这些无足轻重的生命中;而他却心向海洋,海洋。他蹒跚学步,去向哪里?他的自我浑如谜题。

*

他思考自己的生活在哪里,它有时看似在前方,却很少在身后或眼前,不如说有待实现。他轻抚生活,指引它,尝试它;他看不到它。

尽管如此,这就是他的生活。

比虚空更清澈,比清澈更尖利,甚至更接近空气。

*

他年纪越长越追求青春。他曾对此满怀期冀。他仍在翘首以待。而他已行将就木。

*

其他人都错了。这是确定无疑的。可他呢,他该如何生活?尚未知悉,已付诸行动,永远如此……

*

直到即将步入青春期,他都一度把自己活成一个密不透风、自给自足的球,一个质地浓稠、独属于自己的混乱宇宙,万物都无法进入,父母、情感、器物、这些形象乃至其存在本身都被隔绝在外,除非有人用暴力对付他。实际上,人们厌恶他,认为他永远无法长大成人。

他或许注定要超凡入圣。他的状态已然可以划入极端罕见之列。他似乎不借助任何外力以保持原样,也不曾变虚弱,仅遵循维持生存的最低限度,他瘦小却顽强,感觉周身有神秘物质穿行而过。

但医生们却不屈不挠地跟他作对:他们抱持不可撼动的观念,认为吃饭与生理需求不可或缺,故而将他送到遥远的外乡，与发臭农民的小混蛋们为伍，终于初见成效地使他内心受挫。他无懈可击的球为了做出配合，甚至几近解体。

*

他父亲将这个词奉为理想：逃避。他从不给予。他谨言慎行，谨小慎微，性情寡淡又忧郁。他有时会如同污渍般消隐。他也曾烦躁不安，精神痛苦，但这些情况却极少发生，他同大象一样，用数年被监视来换取平静，而这平静一旦失去，它们就会为无端小事而勃然大怒。

*

为了将球拆散，还用上了寒冷和北风，风威严冷酷，在这个无比平坦的国度里像剃刀一般畅行无阻。

人们从不曾对他和颜悦色。

*

极度的慵懒，球。极度的慵懒，极度的迟缓；持续旋转。惯性，自制，安定。这种格外平稳的状态常见于罪恶或病态中。

*

佛陀丰厚的唇,不食不语。

*

球从此丧失了它的完美。
完美不复存在,取而代之的
是营养,营养与领悟相携而至。七岁时,他学习认字,恢复饮食。

*

他最初的思考是关于上帝本身。
上帝是球。上帝存在。祂是自然存在的。祂就应存在。完美存在。这就是祂。祂是唯一可以理解的。祂存在。此外,祂无边无际。

*

在数年间的生活中,他观照着自己的内心。

*

神圣之物属于自然。即时的事物属于自然。物质的改变属于自然。奇迹属于自然。奇迹,悬浮。无上的快乐。爱情中的融合属于自然。灵魂解放。

*

人的坠落即为我们的历史。再看不到上帝是我们的历史。对我们的惩罚是我们的历史。十字架,我们的苦难,我们的辛劳,我们上升的艰辛,我们的希望。

我们的历史与我们的诠释。

*

西班牙人非常需要原罪观念,需要悲惨受难的耶稣作为有史以来遭遇过最残忍不公待遇的对象,倘若缺少了这位震撼人心的同伴,这个为悲情而生的种族将不再完整;因此,失乐园与人的坠落这些概念对他们是不可或缺的。

A.: 坠落后的人。

*

万物是表面,是外壳。唯有上帝存在。但书籍里也有某种神圣的东西。

世界是奥秘,一目了然的事物是奥秘,石头、植物亦然。但书里或许会有解释,有线索。

万物是严酷的，物质、人群亦然。人群严酷又不可撼动。

书是灵动的、无拘无束的。它不是外壳。它会发散。最脏、最厚的书也会发散。它是纯粹的。它是属灵的。它是神圣的。另外，它会自我沉醉。

*

总体而言，书籍构成了他的阅历。

*

他缺乏专注力，即使心有所动，也留意不到重点，在他身上仿佛只有注意力的表层对外开放，而非他的"自我"向外敞开。他待在那里，左摇右晃。他博览群书，速度极快却不知所云。这就是他的注意力的表现形式。皆因他的内心深处尚模糊不明，神秘莫测又难以感知，故而他专注于在书中发现一个同样游移不定、轮廓未清的世界。他阅读一向随兴所至，甚至包括算术教材，或是弗朗索瓦·考贝①的书，他正化作一团星云。

---

① 弗朗索瓦·考贝（François Coppée，1842—1908），法国诗人、剧作家、小说家。——译注

如果他放慢阅读速度,希望"记住"些什么:一片虚无!他看到的仿佛都是白纸。而一旦加快速度,则又能顺畅如初。这很好理解。于是,他构想出另一团新生成的星云。愉悦的记忆引发共鸣,让他立刻有了支点。

*

他在书中寻求开悟。他以箭的速度广泛涉猎。突然间,巨大的幸福感,一句话……一个事件……某种无从言明的东西出现了……他立刻倾其所有,朝着它向上悬浮,不时会像磁铁一般被它瞬间吸住。他在当中呼唤其他启示:"来吧,来吧。"他在旋涡急流、蜿蜒交错中穿行一阵后,光明忽至,对他说"就是这里"。又过了一会儿,他全身慢慢解体,一块块分离,略略下坠后,又大幅回落,却再不会像从前那样跌至谷底。他有所收获。他使自己变得优于以往。

他一向认为多一个想法并不意味着增加。不,那是狂热无序,失去冷静,是烟火冲天,之后才是全面提升。

书籍对他有所启发,其中包括:原子。原子——微小的诸神。世界不是表面,亦非表象。世界存在:原子存在。它们存在,是无数微小的神,它们光芒四射。运动无穷无尽,无限延长。

*

啊!这回要了解世界,否则将永远错过!

*

数年过去了……
世界上由原子构成的无限链条。
思考、诠释所引发的想象无穷无尽。
数年过去了。
他的双眼开始出离他的头。
令人失望的原子。

*

科学浩瀚无际又单调乏味。在微小诸神中束手束脚。正如法语重重阻隔了德语的特质,乃至一切非法语的事物……

单边的,永远被完美所禁锢。

*

二十岁的某一天,他幡然醒悟。他终于意识到自己是反生活的,他需要去体验另一种尽头。居家探索世界,然后低调启程。他出发了。

*

这不是在引导生活,而是在分裂生活。倘若一个耽于沉思的人跳进水里,他不会去尝试游泳,而试图先理解水性。然后他会溺水。
(这就是为什么提供建议的人自己要当心。)

*

可怜的 A.,你在美洲做了什么?数月过去了;痛苦;痛苦。你在这船上做了什么?数月过去了;痛苦;痛苦。当水手,你做了什么?数月过去了,痛苦;痛苦。当老师,你又做了什么?数月过去了。痛苦,痛苦,要深入体会各种方式,因为那将是你的生活。倒不一定要体会所有方式,尤其去体会那些不体面的,因为那里将是你的生活。

*

他从未高估自己。他迅速认定自己能力不足,并对此深信不疑。这耗尽了他最后的精神支撑。仅仅一周就足以让他变得无比渺小。

*

羞耻。它绝非大喊大叫,而是逐渐冷却的过程。在他身上,没有什么是一时的。某种感受一经形成,就会持续扩散,如果还同属于前一种类型,则立刻使其他感受也一并降临。

*

人若一无所长,就要准备好面对一切。他有这种勇气。付诸行动的念头在他心中盘桓不去,这念头似乎是他本性所无法企及的天堂,难以置信的救治之道。

每天清晨,他检视自己的意识,消磨一整天来沉思,反省适宜做出哪些改变,有时是一些错误,有时是细微的进步。

每天清晨他都要重新来过……陷入沉思。但日复一日,他总感到力不从心。

他想行动。球却希望完美、圆满、休息。

*

不过他还是在持续运动。从他的球里伸出一块肌肉。他很幸福。他即将能够像其他人那样行走,但仅有一块属于他的肌肉还不能让他走路。他很快就精疲力竭。他一动不动。每晚都如此。

就这样,他的上千块肌肉陆续出动,但这不是行走。他以为有它们就可以走路。他却只是个圆球。他执着如初,伺机而动。他是腹中的胎儿。胎儿永远不会走路,永远不会。须将它取出,但这就另当别论了。而他执着如初,因为这是一个活生生的生命。

*

海洋!海洋!A.被任命为老师!荒唐!海洋在下面;它潜藏,用专属于海洋的武器自卫:层层累叠,层层包裹,不曾移动,却永远不会留在片刻之前所在的地方。

*

然而他很快就要死去……

困窘之夜

　　这个世界上，鲜有微笑。
　　于此间游走的人会经历无数心伤。
　　但人在这里是不死的。
　　一朝命尽，一切重新开始。

　　用白糖或吹制玻璃抑或陶瓷做成的犁推起来很困难。
　　大片大片的奶一直扩散到膝盖，凝结后也是阻碍。
　　如果每个人都意外掉进一个大桶里，即使没有桶底，双脚没有束缚，往来行走仍会变得步履维艰。
　　如果把桶换成凉亭（对旁人而言一定十分悦目，然而……），在里面走路简直让人精疲力竭。
　　由一大群老妇的脊背组成的人行道也是如此。
　　成捆的玻璃筷子会伤人，这是不可避免的。成捆的玻璃会伤人，成捆的胫骨更吓人。

用腐肉围成的墙再厚也会倒，会膨胀。很难说人们可以居住其间而不用眼角监视四壁。

你发现掌上纤细的静脉变成了铁，你冰凉彻骨。手心不再凹陷，这个小小外壳上沾满脓水。你局促不安，手动操作被严格控制在最低限度。

将双耳爵贴到可爱的脸蛋上，它会在一个吻中敞开，这没什么迷人的。它腐烂的花饰毫无吸引力。人们会从另一侧转过身去。

黑色的柠檬看起来很恐怖。蚯蚓做的紧身衣虽可以保暖，代价却是让人百味杂陈。

从船舷跌落的人摔成两半，人的碎片——这些大块的骨与肉的碎片彼此就不再是同伴了。

大脑只通过或干或湿的筋络和肠胃交流，肠胃还惦记着跟大脑说话，说体己话，意思是不用遮遮掩掩，自在地说话？而用锌质的嘴唇说话，能有什么柔情可言？假如给穷人吃搅成泥的螺栓制作的馅饼，有谁不会吹嘘自己是富豪？

当黄油在刀上失去平衡，一下变成一大坨，像石板一样坠落，"当心膝盖！"

现在的枕头里有章鱼的身体！

假如领带变成流淌的胶水，

假如眼睛变成绒毛稀少的瞎眼乳鸭，初寒乍到就

会一命呜呼,

假如面包变成熊,索要自己的那份,并准备夺取性命,

假如鸷鸟渴望从天空的一隅飞到另一隅,却不知被什么念头冲昏了脑袋,转而把你的身体当作旅途;你的身躯奇迹般变大,这些恶鸟在各种肥厚组织的纤维中开辟道路,用弯曲的喙大搞无意义的破坏,它们的爪子笨拙地被各种重要器官勾住了。

假如在逃生过程中,你的腿和腰像变硬的面包一样开裂,每动一下都会让它们的裂痕越来越多,越来越密。此刻要如何脱险?如何脱险?

消逝之夜

　　黑夜不同于白昼。
　　它身姿极为灵活。

　　人嘴张开了。舌头剧烈挣脱出来，回归水世界中。它欢欣畅游，连鱼儿们都钦羡它依旧如此灵活。人在它身后追赶，不断失血，终被水拦住去路。他看不太清水中的情形。是的，他看得不甚分明。
　　晚餐所需的鸡蛋不见了。去外面找找，但要暖和的地方。鸡蛋们在一头牛犊的气息笼罩中。鸡蛋们跑去了那里，在那里它们才会感到愉悦。它们在众牛犊的气息中约会。
　　去找我呀，我的飓风们！去哪里了，我的飓风们？有股飓风带上了它的妻儿们，卷起它们，裹挟而去。飓风从诸海中央出发，向一座火山奔去。那座火山锥顶光亮如翎羽，令它心驰神往。
　　瞳孔发现了气球的吊篮。噢！回来！吊篮你回来！有人哭泣，抓住不放。气球并不特别需要目睹这些，它更需要一场好风。

手臂正挥舞着告别，它过于听从这个姿势，突然径自出走了。手臂在暗夜中艰难前行，跌跌撞撞。手被挂住了，小臂来回转动，在东西两个方向间摇摆不定。如果它能与自己的挚爱重逢，它将如何被接纳？如何被接纳？很显然，它会引起恐慌。于是，它抓紧一根树枝就地死去。

一群小刀像在电梯轿厢里一样从树干中直立起来，喷射而出，接着在原野上一通乱刺。小刀们横冲直撞地探险。那些由于种种原因被迫出来的兔子心怀苦涩与懊悔，它们被伤口灼烧。

最后是电刷经过。它从每个人身上拖出火花，从动物和树木身上也是如此。它拖出火花，起先很愉快。它随后又从中拖出长长的光丝，光丝断了，连同生命。被它碰触到的人不再是人了；狗也不再是狗；柳树也不再是柳树。一座座灰烬和煤炭堆成的微小遗迹。这些微小遗迹散落在原野上，被掠过的风渐渐吹散。

诞 生

彭从一个蛋中降生。接着他从一条鳕鱼中降生，在出世过程中还使它炸裂；接着他从一只皮鞋中降生，经过二次分裂，皮鞋变小在左侧，而他在右侧；接着他从一片大黄的叶子中降生，与一只狐狸同时出世，狐狸与他对视片刻就各自散去。再之后，他从蟑螂中诞生，从一只龙虾眼睛中、从一个长颈大肚瓶中诞生；从海狮的胡须中诞生，从蝌蚪的尾巴中诞生，从母马的鼻孔中诞生。接着，他掉着眼泪寻找乳房，因为他是专为吃奶才来到这世上。随后他从一柄长号中降生，被长号哺育了十三个月。接着他被断了奶，托付给一望无际的沙子，原来这里是沙漠。只有长号之子才能在沙漠中自给自足，和骆驼相依为命。再之后，他被一个女人生出来，他无比震惊，对着她的胸脯思量，轻轻吮吸，吧唧有声，脑中一片空白；他随后注意到这是一个女人，尽管此前从未有人就这件事向他暗示过一星半点；他渐渐抬起头，孤零零地，用敏锐的小眼睛望着她，然而敏锐不过是灵光一现，惊讶盖过了所有，更何况在他的年纪，最大的乐趣依然是咕噜作响地重新挤到乳房上，吮吸这精美的窗玻璃。

他从斑马中诞生，从母猪中诞生，从用稻草填充的母猴标本中诞生。母猴的一条腿挂在一棵假椰树上，另一条腿悬垂着。他出生时浑身一股填料味，他在标本制作者的办公室里大哭起来，不停号叫。标本制作者奔向他，显然是想将他用稻草填塞。不料他却是声东击西，又从一个静默无声的胚胎中诞生。胚胎被放置在一个广口瓶底部，他从其头部钻出来。那是一个海绵状的大头，比子宫更柔软，他曾在某个子宫里精心盘算过三个多星期。接着他身姿灵动地从一只活老鼠中诞生，因为标本制作者已听到些许风声，他必须动作迅速。接着他从一枚在空中爆炸的炮弹里诞生；他总感觉自己被监视，于是设法从一只军舰鸟中诞生，在它的羽翼下穿过海洋，接着在途经的第一个岛屿上，从遇到的第一个生物中诞生，那是一只乌龟。但他长大后发现，那其实是被葡萄牙侨民运过去的旧马车的轮毂。于是他从一头母牛中诞生，这更温和些。接着从新几内亚的一只巨型壁虎中诞生，壁虎体壮如驴。接着，他第二次从一个女人体内诞生，他随之想到了未来,因为他最了解的还是女人,也唯有和她们在一起,他以后才会最自在。他此刻已然在凝视这副无比柔软饱满的胸脯,并依照他丰富多彩的阅历,作起了细微比较。

死亡之歌

命运女神翅膀阔大,命运女神误将我和其他人一起带向她的快乐国度。我总算可以幸福地呼吸,突然,就在一瞬间,空气中无数的小鞭炮将我炸翻,刀锋随即从四面射来,冲我一通乱刺。我跌回硬邦邦的故土,现在将是我的永恒国度。

命运女神长着稻草翅膀,命运女神一度将我托起,飞越焦虑与呻吟。我正陶然自乐,潜伏在高山烟尘中的上千人一拥而上,这群家伙向来要与人决一死战,如火流星一般突然扑向我们。我跌回过往硬邦邦的故土,我的过往如今将是我永恒的现在。

命运女神又一次降临,命运女神衣着清雅,温柔地接纳了我。我正向周围所有人微笑,散尽我所拥有的一切,突然,我被从下方和后面蹿来的不明物体抓住,像脱钩的滑轮一般猝然失去平衡,在无垠中颠簸。我跌回命运硬邦邦的故土,现在将是我永远的命数。

命运女神又一次降临,命运女神伸出油舌,舔净我的伤口。命运女神像一缕发丝被拿去与另一人的编织缠绕,她将我带走,与她密不可分地结为一体。我正沉浸在愉悦中,突然,死亡不期而至并说道:"时辰已到。来吧。"死亡,现在是永久的死亡。

命　数

我们已经登船。我已出发，正在近海一带，突然之间，像债务到期，灾难降临，它记忆超群，出现在我面前说道："是我，你知道我什么意思，来，回去吧！"它劫持了我，用时不长，就像收回舌头那样将我快速带回。

已然到了船上，声音含混的大海灵活地散开，满怀谦逊的大海仁慈地散开，将它蔚蓝的长舌收敛，远处陆地的蜃景已经浮现……但突然之间……

厄运拎上提篮和钳盒，动身前往新发现的街区，去看看那里是否会有一两个同类试图将自己的命数引入歧途……

厄运拥有发型师般灵巧的手指，它一只手拿起剪刀，另一只手挑起一个人的神经系统——脆弱优柔的阶梯，嵌在丰满的肉身里，厄运从这个惊若亚麻的生物身上抽出了闪光、痉挛和绝望……

噢，可憎的世界，想从你身上抽取好处可不

容易。

　　眼中长了针的人不会对英式蒸汽船的未来感兴趣。睡觉,他只想睡觉。眼皮像刷子一般盖住了他的痛苦……

　　人但凡能将眼珠恰当取出,也能让盘子巧妙地旋转。

　　能看到这情景该多奇妙,简直百看不厌。而为这只眼睛所折磨的人,会参与这场游戏并自愿抛售,哦!他甚至不用人央求……哦不用!至少不用央求太久。

内心的运动

内心的火药库并不总是爆炸。人们以为火药库里是沙子。然后突然间,这沙子就到了世界另一端,通过莫名其妙的闸门像炸弹一般倾泻而下。

实际上,一个人如不了解愤怒就会一无所知。他不了解"即刻"为何物。

接着,"愤怒"遇到了正缩成一团的"耐心"。后者一经触碰就立刻揭竿而起,与前者同声同气,像炮弹一般向前冲去,否定、刺穿途经的一切。

接着,翻滚在一起的"愤怒"与"耐心"遇到了大脑袋的"自信"和其他美德,于是冰河开凌,扩散到整个区域。

速度取代了重量,并对重量嗤之以鼻。

正如睫毛长在眼皮边缘比处在鼻端更适宜,"迅捷"在内心中也有自己的一席之地。"迅捷"存在于内心,总比存在于瘫痪乌龟的脚掌更合乎情理。

当"欲念"在内心的旷野上拖曳自己的狂舟……

什么！这些蒸腾的云雾到底是什么？

内心终日与各种指手画脚的恶灵缠斗，却突然间就清空了它们，像摆脱一声叫喊，像摆脱被飓风骤然卷走的碎屑。

然而恶灵们的入侵很快就从底部卷土重来，片刻的安宁被剥夺、洞穿，像疯长的麦粒覆盖四野。

应看到内心对"欲念"的攻击。有哪个面包师曾将如此巨大的手插入他的和面缸？何曾见过哪个面包师被如山移动、上升、塌陷的面团折磨得不堪重负？面团探向天花板，即将把它撑裂。

内心或是在欢愉中与"欲念"沆瀣一气，或是有所保留，但它总会被这个膨胀的入侵者觊觎围攻。

内心的运动多种多样，它会以箭的速度前扑，随后像鼹鼠一般缩回巢穴，像旱獭一样度过漫长的冬眠。何其起伏不定的造物！而大海则格局有限，又太过迟缓，甚至不配与内心相提并论，大海长着一副被蹂躏的面孔。

最后，去攻击不战而降之人的，是"恐惧"。

当"恐惧"像流淌的水银侵入一个可怜虫，他立刻变得如旧皮囊一般，

"恐惧"进入其中，将一切驱逐。它状若君主，坐遍所有美德被推翻的王位，袒胸露腹，

唯一能让幸福气血消散的角色，是"恐惧"，

当"恐惧"如凶残的鳌虾，用铁手套紧扣住脊髓……

噢，生活一如既往的糟糕透顶！

"绝望"与"疲倦"合体。太阳从另一侧远去。

一个叫"羽毛"的人

(1930)

一
一个平静的人

羽毛将手伸出床外,惊讶地发现没有碰到墙。"哦,"他心道,"可能是被蚂蚁吃掉了……"于是他重新睡去。

片刻后,他的妻子抓住他一阵摇晃:"看呀,懒鬼!"她叫道,"你只顾睡觉,咱们的房子不见了。"确实,头顶是完整的天空四向延伸。"唔,可事情已然发生了。"他心道。

片刻后,噪声响起,是一列火车正向他们全速驶来。"看这急匆匆的样子,"他心道,"它肯定会赶超我们的。"于是他重新睡去。

接着,凉意使他惊醒。他浑身浸泡在血泊中。妻子的几段残肢横陈在他身旁。"沾了血就是麻烦不断,"他心道,"要是火车可以不从这里经过,我该多幸福。可既然它已经驶过去了……"于是他重新睡去。

"说吧,"法官言道,"您如何解释您的妻子竟被碾碎成八块,而您就在旁边,却未加阻拦,甚至都不曾发觉。这真令人费解。本案的关键也在这里。"

"在这条路上,我帮不了她,"羽毛默念,于是他重新睡去。

"处决将于明天执行。被告还有何申辩?"

"抱歉,"他说道,"我没听清案情。"于是他重新睡去。

二
羽毛在餐馆

羽毛在餐馆午饭,酒店主管走过来面色严峻地看着他,声音低沉、高深莫测地说道:"您盘子里的东西并**没有**列在菜单上。"

羽毛立刻致歉。

"是这样,"羽毛回道,"我一着急就没顾上看菜单。我随便点了一道排骨,以为上面应该有,或即便没有,附近也很容易找到。不过如果没有排骨,我也完全可以点别的。而且侍者没有显得很惊讶,他转身离开,很快就给我端过来了。事情就是这样……"

"当然,我会按要求付钱的。这排骨不错,我不否认。我会痛痛快快付钱。如果事先知情,我也很愿意选别的肉,或者只要一个鸡蛋,反正我现在也不太饿了。我立刻就跟您买单。"

然而,酒店主管一动不动。羽毛大窘,过了一阵才抬起头……诶,此刻站在他面前的是企业主管。

羽毛立刻致歉。

"我不知道菜单上没有排骨,"他说道,"我没看菜单,因为我视力很差,身上也没带夹鼻眼镜。而且,看东西总会让我剧痛无比。我点的是脑海里最先想到的东西,这绝不是出于个人喜好,而是为了引出别的建议。那位侍者可能在操心别的事,他没多想就给我端来了这个,我当时也完全走神了,就吃了起来,结果……既然您在这儿,我这就向您付款吧。"

然而,企业主管一动不动。羽毛愈发窘迫。他正将一张钞票递出去,突然看到一截制服袖子;站在他面前的是一位警察。

羽毛立刻致歉。

"是这样的:他进来想稍事休息。突然就有人冲他直截了当地喊:'先生要点菜吗?您要……'他回答:'哦……一杯酒。'侍者很生气地喊'然后呢?……';然后他纯粹是为了摆脱这个人,才说:'那就来一份排骨吧!'。"

"有人将排骨放到盘子里端给他的时候,他也没多想;老实说,既然已经放他面前了……"

"您看这样,您如愿意促成解决这件事,就再好不过。这是给您的。"

他将一张一百法郎的钞票递给警察。听到脚步声渐远,他以为已经没事了,却发现一位警长站在他面前。

羽毛立刻致歉。

"他约了一位朋友,白白找了一上午,后来得知朋友正从办公室过来,会经过这条街,他就进到这里了,挑了一个靠窗的桌子。另外,因为可能要等很久,他不想显得吝惜花钱,就点了一道排骨,以便面前能有东西。他从来没想过吃掉它。他根本没意识到自己在做什么,就机械性地吃了起来。"

"要知道他本来是绝对不会去餐厅的。他一向只在家里午饭。这是原则。这次纯粹是走神了,所有人在紧张时都可能经历过,一时头脑不清;仅此而已。"

警长却打电话给安保主任,他将话筒递给羽毛,说道:"来吧,您一次性解释清楚。这是您仅有的自救机会。"一个警员粗暴地推搡他:"赶紧老实交代,听见没有?"这时消防员们已走进餐馆,企业主管冲羽毛叫道:"瞅瞅您给我的企业带来多大损失!天大的灾难!"他指指大堂,所有食客正蜂拥离开。

秘密警察们告诉羽毛:"我们提醒您,事态会越闹越大。最好坦白交代全部实情。这种事我们可不是头回遇见,您还是相信为妙。局势发展到这步,意味着这很严重。"

然而，一个凶悍的高个警察在羽毛的肩膀上方说："听着，我也没辙，这就是规定。您要不在电话里说明白，我可就动手了。听懂了吗？快交代！您是被告。我要听不清您说话可就动手了。"

三
羽毛在旅行

羽毛很难说自己在旅行时受到了格外的尊重。一些人不打招呼就从他身上经过,另一些人则心安理得地用他的外套擦手。他还是适应了这些。他更愿意低调出游。只要情况允许,他就如此为之。

比如,有人恶声恶气地给他端来一盘菜根——粗大的一根:"喂,吃吧。还等什么?"

"哦,好,马上,就这样吧。"他不想徒增是非。

比如有人晚上拒绝让他入住:"呦!您从大老远过来可不是为了睡觉的,没错吧?喂,拿着您的箱子和衣服,这会儿正是全天最容易赶路的时候。"

"好吧,好吧,对……当然。您自然是说笑。啊对,是……玩笑。"于是他在黑夜中再次启程。

又比如有人将他推下火车:"哎唷!您以为我们花三个钟头加热机车,把八节车厢挂在一起就是为了运送一个像您这样年纪的小伙子吗?您健健康康,完全可以在这儿效力,根本不需要去那边。您以为我们就为了这个才挖隧道,用炸药崩开成吨的岩石,冒着各种鬼天气铺设上万公里的铁轨,还没算上要整天整夜地看守沿线,提防有人破坏,而这一切是为了……"

"好吧,好吧,我完全理解。哦,我上车就是为了看一眼!现在心愿已了。我纯粹是出于好奇,对吧。千恩万谢。"于是他转身带着行李上路了。

又比如在罗马,他请求看看斗兽场。"那可不行!听着,它已经状况堪忧了。而且,阁下看过之后就会想摸摸它,在上面靠一靠或者坐一坐……就是因为这样,现在到处只剩下废墟了。这对我们是个教训,惨痛的教训。但以后不会了,都结束了,对吧。"

"好吧,好吧,是这样……我本来只想跟您要一张明信片,或者一张照片……要是万一———"于是他离开了这座城市,什么也没看成。

又比如在游轮上,船上稽查突然指着他说道:"那小子在这儿干嘛的?看来这下面是真没规矩。快来人给我把他再带回底舱去。第二轮值班钟可刚响完。"稽查说罢就吹着口哨走了,而羽毛呢,他被渡海全程折磨得筋疲力尽。

他却不置一词,毫无怨言。他想到那些根本无法旅行的可怜人,而自己至少还可以旅行,还始终在路上。

四
在王后的内宫里

羽毛携国书抵达皇宫,王后对他说道:

"哦。国王此刻非常繁忙。您稍后可以觐见。如您愿意,我们可以在临近五点时一起去找他。陛下对丹麦人颇有好感,会很愿意召见您。等候期间,您或许可以同我一起散散步。"

"皇宫太大了,我总害怕迷路,害怕突然就走到御膳房前,您懂的,这会让王后成为笑柄的。我们从这里走吧。我对这条路很熟悉。这就是我的寝殿。"

于是他们走进寝殿。

"我们还有整整两个小时,您或许可以为我读些什么,不过我这里并没什么有趣的书。也可以打牌,但实不相瞒,我会立刻输掉的。"

"无论如何您不要一直站着,这很累人的;坐着也很容易无聊,或许我们可以去长沙发上躺着。"

她随即站起身。

"这房间总是热得让人难以忍受。您如愿意帮我宽衣，会让我神清气爽的。之后我们可以随兴闲聊。我好想对丹麦有所了解。而且，这长裙太容易脱落了，我都不知道自己要怎样保持一整天都穿戴整齐。这长裙会在人不经意间脱落。您看，我一抬胳膊，就会有孩子把裙子拽走。当然，我不会纵容他这样做。我很爱这些孩子，但宫中流言太甚，更何况孩子们会使一切都乱套。"

于是羽毛替她宽衣。

"您看您，不要一直就这么待着。在房间里还衣冠楚楚的，未免显得过于拘束，再说我也见不得您这样，好像您马上就要离开似的，只留我一人在这偌大的王宫里。"

于是羽毛脱掉外衣，穿着衬衫躺下来。

"现在才三点一刻，"她说道，"以您对丹麦的了解程度，够跟我说上一小时四十五分钟吗？我不会这么严苛的。我知道这是强人所难。我给您一些时间思考。噢，对了，就这工夫，趁您还在，我要向您请教一件令我困惑已久的事。我很好奇丹麦人对此会如何理解。"

"您看，我这里，在右乳下面有三小处胎记。算不上三个，两小一大。您看这个大的，似乎是像……

这真奇怪,对吧,您再看左乳,什么也没有!雪白雪白的!"

"您说,我这是怎么回事,不过您先仔检查下,您尽管随意查……"

就这样羽毛查验起来。他犹疑着用手指触碰、试探,寻求真相的过程令他战栗,他的手指沿着曲线来回逡巡。

羽毛随即陷入思考。

王后静默片刻后说道:"您在思索,我看得出来。"(我看得出来您已经轻车熟路了)。她继续道:"您或许想问我是不是就没别的胎记了。没有了。"她变得局促不安,面色酡红。

"现在跟我讲讲丹麦吧,但要紧贴着我讲,我好听得更专注。"

羽毛向前挪了挪;他挨着她躺下,此刻再也无从掩饰了。

果然:

"您看您,"她说道,"我本以为您会对王后多些尊重,但既然您已经到了这地步,我还是希望**这样**不会妨碍我们接下来谈论丹麦。"

王后将他拉向自己。

"着重摸摸我的腿,"她说道,"不然我马上就会走神的,我已经想不起来自己为何就躺下了……"

正在这时,国王进来了!

....

惊心动魄的遭遇,无论您原本的情节开头、构架是什么,这些苦涩遭遇皆由不可撼动的敌人所主导。

五
保加利亚人之夜

"事情是这样的:我们在返程途中上错了火车,于是和一伙保加利亚人坐到了一起。他们交头接耳地议论着什么,一直在骚动,我们就想一次性做个了断。我们掏出手枪开了火,动作很仓促,谁叫他们太可疑,不如让他们直接出局。那帮人显得很错愕,但保加利亚人嘛,着实不可信。"

"下站会有大量乘客上车,"列车长通知道,"你们和边上这些人想想辙(他指指死者),只能占用一个包厢。这会儿**你们**和**他们**可再没理由挤占不同的包厢了。"

说罢他神情严肃地看着他们。

"好的,好的,我们会搞定的!绝对没问题!保证完成!立刻、马上!"

他们迅速坐到死者旁边,撑住他们。

这不太容易。七个死人和三个活人。他们端坐在冰凉的尸体中间,这些"睡客"的头始终歪斜着,耷拉在三个年轻人的脖颈间。这些冰凉的头颅像托在肩上的骨灰罐,更像是表面粗糙的骨灰罐贴在脸侧,因为这些人的坚硬胡须突然之间疯长起来。

要挨过这个夜晚。他们争取在清晨时分逃走。列车长或许会将这件事遗忘。现在要做的就是保持静默,尽量不引起他的注意,按他的要求挤在一起,表现得态度良好。早上一到,他们就悄悄离开。在临近边境时,火车通常要减速,跳车会容易些。他们将跟随向导穿过稍远处的森林。

于是他们相互勉励,耐心等待。

火车上,死人远比活人晃动得厉害。车速令他们担心。他们再难有片刻安静,越发七扭八歪,倒在你的胃上跟你说,他们再也撑不住了。

必须对他们采取强制措施,不能有丝毫松懈;要把他们压靠在椅背上,一个在左,另一个在右,然后坐上去,但他们的脑袋又开始发出撞击声。

必须牢牢稳住他们,这是当务之急。

"哪位先生可以将座位让给这位年迈的女士?"

这让人没办法拒绝。羽毛将一具死尸放上自己膝头(他右侧还有一具),那位女士坐到了他的左侧。现在,老妇已然入睡,她的头歪向一侧。她的头与死人的相遇了，但只有老妇的头清醒过来，说另一个太冰了，让她害怕。

但他们忙不迭地说是天气过于寒冷。

她略微摸了摸。一双手伸向她，一双冰凉的手。或许她去一个更暖和的包厢会好些。她起身，接着又和查票员折返。查票员想检看暖气是否正常运转。妇人对他说："摸摸这双手就知道了。"但所有人都喊道："不是的，不是的，这是由于久坐不动造成的。手指是因为一直不动睡麻的，没什么大不了。我们所有人都觉得这里挺暖和。有人还出汗了，您摸这额头。身上之所以会一处出着汗，另一处冰冰凉，完全就是静止不动造成的，除了静止不动，没别的原因。"

"谁觉得冷，就把头缩进报纸里。可以保暖。"羽毛说道。

其他人明白了他的用意。很快，所有死尸的脑袋都被包上了报纸或白纸，在罩子里沙沙作响。这就更方便了，在黑暗中也能立刻认出来。而且那位妇人也不至于会再碰到一个冷冰冰的脑袋。

然而却上来一位少女。她的行李被安置在过道里。她并没试图坐下，这是位极其矜持的少女。谦逊与倦意令她眼皮低垂。她却不提任何要求。但还是应该给她让座。他们心甘情愿，于是想到把尸体脱手，一点点脱手。主意已定,最好立刻就把尸体依次扔出去,因为老妇人还比较好瞒,但两三个外人都在这儿,就比较棘手了。

他们小心翼翼地降下大玻璃车窗,开始行动。他们将尸体抛到腰带处,再一个翻转,还要恰到好处地把膝盖折起来,以免挂住——因为尸体悬空时,脑袋会撞到车门发出沉闷的声响,就像它要重新进来一样。

加油!振作!很快大家就又能自在地松口气了。还有一具尸体就了结了。但窗外灌入的冷气冻醒了老妇人。

检票员听到动静,出于良知,也不乏故作殷勤,他前来查看里面是否有座位可以给过道里的少女,尽管他很清楚实际情况恰恰相反。

"当然有!当然有!"所有人喊道。

"那太好了,"检票员道,"我本以为……"

"那太好了。"老妇人的眼神也如是说道,但困意使她过了一阵才听清问题。

但愿现在就能让少女睡下。诚然,一具尸体会比五具尸体容易解释,但最好还是规避所有问题。因为人一旦被盘问就很容露出破绽。一旦自相矛盾,将后患无穷。最好永远都不要与死人一起出行。尤其当他是死于手枪子弹，因为失血会令其面色惨淡。

少女却极度谨慎，不愿在他们之前入睡。不过夜晚还长，加之4点30分前都不会有停靠站，他们不必过分担心，于是也抵不住倦意，相继睡去。

突然，羽毛发现已经4点一刻了，他叫醒了彭……两人一起陷入狂乱。他们顾不得其他，只担心即将停靠下个站台，天色渐亮，一切势必将暴露。他们匆忙将尸体抛出车门。但正当他们擦拭着额头的汗水，却感觉尸体就在脚边。原来刚才扔出去的不是他。这怎么可能？那个人明明头上包着报纸。算了，稍后再纠结吧！他们抓起死尸，抛进夜色中。舒了口气！

生活对活人而言是多么美好！这个包厢是多么让人快乐！两人叫醒同伴。喂，是……他们叫醒的是两个女人。

"醒醒，我们快到了。马上就到了。一切都好吧？这火车不错吧？你们睡得还好吗？"

他们帮助妇人下车，然后是少女。少女看看他们，没有说话。他们留在原地，不知道还要做什么。仿佛已大功告成。

列车长出现了，说道：

"你们，快点儿，和你们的证人一起下车！"

"可我们没有什么证人啊。"他们说道。

"这样吧,"列车长说道,"既然你们需要一个证人,交给我好了。你们到车站那边等一会儿,就在营业窗口对面。我去去就回。这是通行证。我马上回来。等着我。"

他们走过去,刚到指定地点,就落荒而逃,他们落荒而逃。

噢!现在得救了,噢!终于得救了!

六
羽毛的幻觉

一块黄色的奶酪,以灵柩马车的缓慢步态,一块黄色的奶酪,以灵柩马车的缓慢步态,兀自运动着,仿佛世界之脚。它更像是一团巨大的乳房,一架肉做的旧砂轮,蹲伏在一片似乎极度潮湿的广袤地带。

从左侧下来一队骑兵。应注意到群马在用后蹄刹住脚步。这些自豪的骑兵不再骑马了吗?是的,永远不会了。

队长竭力挥手以示抗议,但他的声音太过微弱,仿佛一粒米在讲话,简直令人怀疑有谁会在意他说什么。

最终,他们陷入泥潭,再无踪影。然后突然间,像有某个机扣在绵软巨物中脱钩,少顷,抛在四处的碎屑聚合成一条长不见尾却无比结实的饰带,足以让整队骑兵快速经过。然而成员们已消失不见,仅能依稀分辨出队长的轮廓。若不是他已垂下骄傲的头颅,甚至还能看出他决绝的态度,就好像在此之前,那头颅仅凭一己之力让他保持站立,直到他直挺挺倒下的那一刻,化作轻飘飘的圆筒在饰带上滚动。它下滑时发出清晰的声响,仿佛内里空空如也,心怀雀跃。

至于羽毛,他坐在床尾,注视着这一幕,静默地陷入沉思……

七
羽毛的手指痛

羽毛的手指隐隐作痛。

"最好还是去看医生，"妻子对他说道，"一般用下药膏就没事了……"

羽毛依言去了。

"切掉一根手指就没问题了，"医生说道，"有麻药，最多只用六分钟。您经济优渥，不需要这么多手指。我很高兴为您做这个小手术。稍后我会为您展示一些人造手指的模型，有的极其精美，可能价格略贵。不过您自然不会计较费用。我们会为您提供最好的。"

羽毛忧伤地看着自己的手指，解释道：

"大夫，这是食指，您懂的，很有用的手指。我恰巧还要给我母亲写信。写字总要用到食指。再迟些，我母亲会担心的，我过几天再来。她是一个非常敏感的女人，特别容易激动。"

"对此无需挂怀,"外科医生继续道,"这是纸,白纸,自然是没有笺头的。您写几句最想说的就能哄她高兴。"

"趁这工夫,我会打电话到诊所,做好准备工作,无非是去取一些除菌器械。我稍后回来……"

他转眼已经回来了。

"一切都已准备就绪。他们在等我们。"

"抱歉,大夫,"羽毛说道,"您看,我的手在抖,不由我控制……唉……"

"这样吧,"医生对他说道,"您说得对,最好别写信了。女人们都精明得可怕,特别是当了母亲的。一旦与儿子有关,她们满眼看到的都是欲言又止,丁点小事也会当成天大的事。在她们眼里,我们只是小孩子。这是您的手杖和帽子。车在等我们。"

于是他们来到手术室。

"大夫,请听我说,真的……"

"噢!不要担心。"外科医生说道,"您的顾虑太多了。我们会一起写这封信。我会一边给您手术一边想想怎么写。"

他将面罩移近,对羽毛施行了麻醉。

"你总该问问我的意见啊。"羽毛的妻子对丈夫说道。

"不要幻想没了的手指可以这么容易补回来。"

"肢体残疾的人,我可不喜欢。一旦你的手不好使了,就别再指望我。"

"残废们都很邪恶,他们转眼就变得性情暴虐。我长这么大可不是为了跟一个施虐狂生活在一起。你想必以为我会自愿在这些事上帮你,那你就错了,你本该先考虑清楚……"

"听我说,"羽毛回道,"别为未来担心。我还有九根手指呢,再说,你的性情也可能会变的。"

八
拔脑袋

他们坚持只能拽他的头发。他们不想弄疼他。他的脑袋一下就被拔掉了。只能说是它太不牢固,通常不会是这样。显然是因为它本身缺少某样东西。

脑袋一旦不待在肩膀上,就要惹麻烦,必须把它送出去。但要先做清洗,因为它会把接收之人的手弄脏。本应该先把它洗干净的。因为接过它的这个男人已经双手沾血,疑心渐生,他目光渐深,像在等着听实情。

"唔!我们是在园子里劳作的时候发现它的……它在其他脑袋中间……之所以选它是因为它看起来更新鲜。要是他更喜欢别的……我们可以去看看。等待期间还请他先保管好这一个。"

于是他们离开了,身后是一个不置可否的眼神,定定地看着他们。

不如去池塘那边看看。池塘里有太多东西可以发掘，也许碰上一个溺水者就能交差了。

他们幻想会在池塘里找到想要的东西，却很快无功而返。

到哪里去找正好可以上交的脑袋？哪里可以找到，还不用编太多故事？

"我吧，我还有个嫡堂兄弟。但我俩的脸可以说是一模一样，谁都不会相信我是碰巧找到的。"

"我呢……我有个朋友叫皮埃尔。可他力气巨大，不会让人就这样把自己干掉的。"

"嗯，试试就知道了。刚才那个很容易就得手了。"

就这样，他们出发了，心事重重地来到了皮埃尔家。他们故意让一条手帕掉到地上。皮埃尔弯下腰。其他人笑着像要扶起他，却从后面抓住了他的头发。脑袋被拔下来了。

皮埃尔的妻子怒气冲冲地走进来……"混蛋，他又打翻了一瓶酒，他都还没喝呢。他肯定还会把它打翻的。这家伙自己都站不起来了……"

她走开去找擦地的东西。他们揪住她的头发，她的身体向前倒去，她的脑袋留在了他们手里。一个满头长发、面目狰狞的脑袋左右晃动着。

一条大狗突然窜出来狂吠。他们踢了它一脚，狗的脑袋掉了。

现在他们有了三个脑袋。三是一个好数字，而且还能有所选择。这些是真正不一样的脑袋，一男、一女、一狗。

他们再次去找那个已经有了一个脑袋的男人，发现他仍在等待。

他们将一捧脑袋放上男人膝头。此人将男性的脑袋放在左侧，挨着上一个脑袋；将狗和女性的脑袋以及她的长发放在另一侧。然后他继续等待。

他定定地看着他们，眼神中不置可否。

"哦！这些脑袋呀，我们是在一个朋友家中发现的，就在屋子里面……无论是谁都会把它们拿走的。也没别的脑袋了，那里有的都被我们带过来了。下次运气会更好。不管怎么说，这次已经够走运了。好在我们已经不缺脑袋。而且天也晚了，这会儿出去就得摸着黑找，再花时间清洗，特别是那些陷在淤泥里的。好吧，我们会试试……但就我们俩，估计很难能从翻斗车里带回来几个。好吧……我们现在去……保不齐刚才就掉下来几个。我们去看看……"

于是他们离开了，身后是一个不置可否的眼神，定定地看着他们。

"嗨，你还不知道我嘛。没事！哎呀！拿我的脑袋吧。你拿回去，他不会认出来的。他甚至都没看那几个。你就跟他说:'您瞧,我出门的时候,脚被绊了一下。我看着像是一个脑袋,就给您带过来了。这样今天的就够数了吧?'……"

"别,老兄,我可只有你了。"

"快点儿,快点儿,别煽情了。拿走吧。快点儿,拽,使劲拽,再使劲,喂!"

"算了,你看,根本行不通。这是对我们的惩罚。来吧,试试我的,你来拽,拽吧。"

然而两人的脑袋并没有离开。不愧是杀手们的脑袋。

他们无计可施,来来回回,进进退退,几经折返,身后是一个眼神在等待,一个直勾勾的眼神。

最终,他们消失在夜色里,这对他们是莫大的解脱:对他们本人,也是对他们的良心。明天,他们将再度出发,随便去哪里,顺着他们可以选择的方向。他们会试着自谋生路。这很艰难。他们会尝试,会试着不再想这里的一切,会试着像从前那样生活,和普通人一样……

九
一位九子之母

羽毛刚到柏林,正要去终点站,一位女士前来搭讪,建议同她一起过夜。

"不要走,求您了。我是九个孩子的母亲。"

她喊女友们前来支援,纠集了整个街区,将羽毛团团围住。人头攒动中,一位警察走过来,听过情况后对羽毛说:"别这么狠心,这可是有九个孩子的母亲!"于是女人们推搡着将他拖进一间气味难闻的旅店,店里被臭虫经年蚕食。正所谓一人走运,两人共享。她们有五个人。她们迅速翻空了他口袋里的所有东西,瓜分殆尽。

"哎,这叫抢劫,"羽毛自言自语道,"我是头回碰上这种事。这就是听从警察的下场。"

他穿回外套,正准备向外走,她们却勃然作色:"什么!我们可不是强盗!我们只是出于谨慎让你把钱先付了,你会觉得物有所值的,我的小可爱。"说罢，她们解下了衣衫。九子之母满身都是脓疱，另外两个女人也是。

羽毛暗忖："这些女人不太符合我的类型。但要如何让她们明白，还不至于有所冒犯？"他若有所思。

这时九子之母说道："嘿，姐妹们，信我准保没错，就这小子，我敢打赌他也是个咋咋呼呼的家伙，怕得梅毒。梅毒嘛，全凭运气！"

于是她们强行占有了他，一个接一个。

他试图起身，九子之母却叫道："哎呀，不要这么急嘛，我的小可爱。不弄出血来就不会有真正的快感。"

于是她们再度上阵。

当她们重新穿上衣服，他已被折磨得筋疲力尽。

"咱们走，"她说道，"你快点儿，现在零点一刻了，房钱只付到午夜十二点。"

"可话说回来，"他想到自己被充公的三百马克开口道，"你们也许可以用拿到的钱支付直到明早的额外费用。"

"哎呦，可真是奇了，你这小子。那不就成我们买单了吗！你说是吧！"

说罢，她们将他拖下床，扔进了楼梯间。

"哎，"羽毛暗道，"这之后会成为一段少有的旅行记忆。"

十
羽毛在卡萨布兰卡

一到卡萨布兰卡,羽毛就想起自己有很多东西要买。于是他把箱子留在了旅行大客车上;他办完最紧急的事后会回来取。他直接前往大西洋旅店。

可他并没有开房,想到还有很多东西要买,他觉得最好先问到兴业银行①的地址。

他前往兴业银行,将卡递给副总经理,被引进屋内后,他却没有出示自己的信用证,而觉得应该趁机询问这个阿拉伯城市里最主要的猎奇之所,要了解布斯比尔②、摩尔人咖啡馆的相关信息,毕竟不能没看过肚皮舞就离开卡萨布兰卡,尽管舞女全是犹太人和非穆斯林人。他打听好地点,让人带他到摩尔人咖啡

---

① 兴业银行(La Société générale),法国最大、历史最悠久的商业银行集团之一,在摩洛哥设有分支机构。——译注
② 布斯比尔(Bousbir),卡萨布兰卡红灯区,于20世纪初法国殖民摩洛哥期间建立。——译注

馆，一位舞女已然坐到他桌前，点了一瓶波尔图葡萄酒，他随即意识到自己的所作所为何其愚蠢；旅行中，难免因不适应而感到疲惫，第一要务应该是吃饭以补充体力。于是他离开前往新城中的"啤酒王餐馆"；他刚要入座，又想到旅游不能只顾着吃喝，还应仔细确认第二天行程的所有事宜都已安排妥当；因此，比起在餐桌上充当帕夏①，更宜尽早去核定明日的登船地点。

这才是有效利用时间。他正忙于此事，又想到应该去海关那边转转。近几天，他们连一个容量十根的火柴盒都不让通过，如发现有谁携带同样的盒子，无论是装在身上，还是放在行李里，都要遭受灭顶之灾。正在路上走着，他又想起卫生部门总是被交由无知庸医负责，他们很有可能会阻止一个健康状态无懈可击的人登船。他有必要意识到比较明智的做法是只穿衬衣、划着桨亮相，务必保持活力四射，而无惧夜晚的寒凉。他于是就这样做了，引来忧心忡忡的警察上前盘问他，从听到他回答的那刻起，就再也没有放过他。

---

① 帕夏（Pacha），奥斯曼帝国政治体系中高级官员的头衔，用来敬称将军及外省总督。在摩洛哥，今指负责地区行政的高级公务员。——译注

十一
布兰俱乐部的贵客

贵客缓慢地、有条不紊地吃着,不做任何评价。

火鸡里塞满了蛆,色拉在油污里洗过,土豆是被吐出来的。葡萄柚树应该是在铺满樟脑丸的土地里长起来的,蘑菇散发着钢铁味道,肉酱则有一股狐臭味。酒看上去像是高锰酸盐。

羽毛头也不抬地耐心吃着。一条蛇从一串香蕉上掉落,爬向他;他出于礼貌将蛇吞下,又继续埋首在自己的盘子里。

为了吸引他的注意力,屋子女主人裸露出一乳。她随即扭转视线,笨拙地笑起来。

羽毛头也不抬地继续吃着。

"您知道我们如何给孩子喂奶吗?"她突然焦躁地问他,在他身上嗅了嗅。出于礼数,他也轻轻地闻了闻她。下一刻,坐在他右侧的女宾啜泣着,发觉自己似乎被一条羊舌噎住了。方才她愚蠢地一心要吞下它。人们围住她，争相表示关切。其中一人看似无意地捏住她的鼻孔，几乎全部堵住，其他人则装作从旁协助她，实则压住了她的声门。自始至终她未能将那条舌头吐出来，尽管她曾经多么想放弃它。

永远为摆脱困境而存在的生命，就这样静静地离开了她。

"不要想不好的一面，"屋子女主人对羽毛说道，她的一双大眼炯炯有神，"在吞咽舌头的时候，总会有人失败。原本可能是您，也有可能是我。我们应感到庆幸，及时行乐。我希望孩子们此刻能看着我们。他们是如此钟爱幸福的景象。"

于是她将羽毛拥入怀中，一边拍打着他。

十二
羽毛在天花板上

因为愚蠢得一时分神,羽毛走到了天花板上,而不是脚踩地面。

哎呀,当他意识到这件事,为时已晚。

迅速聚集、堆积在大脑的血液使他动弹不得,他浑如榔头里的铁,脑中一片茫然。他晕头转向,惊恐地发现地板变得如此遥远,曾经倍感舒适的沙发乃至整间屋子都变成了令人震惊的深渊。

他多想身处一个装满水的池子里,一个捕狼陷阱里,一个箱匣里,一个铜制的热水淋浴器里,而不是在这里,孤独地挂在这片滑稽的、光秃秃的、一无所有的天花板上,从这里下去无异于自杀。

灾难!灾难总系于同一人……而全世界还有那么多人继续安稳地走在地上,那些人绝谈不上比他更珍贵多少。

纵然他能进到天花板里面,在那里平和却迅速地了结自己凄惨的一生……但天花板太硬了，只会将你"遣返"，这就是最恰当的字眼。

灾难之中别无选择，剩下的东西就是给你的。他面带绝望地坚持着，像天花板里的鼹鼠。布兰俱乐部的代表们正出去找他，一抬头发现了他。

众人未发一言，竖起一架梯子，将他放下来。

众人心怀惴惴，向他致歉，忽而谴责起某个缺席的组织者，顺带恭维羽毛的傲骨，没有丧失勇气。同样的情况，太多人都会因此意志崩溃，遁入虚空，摔断手脚，甚至更糟。因为这个国家的房顶都很高，其历史几乎要追溯到西班牙大征服时代。

羽毛没有回答，窘迫地擦了擦袖子。

十三
羽毛和高位截瘫者

……羽毛对面有个男人，他刚转移视线，这个男人的脸就开始脱节、变形，面露怪相，下颌也自行掉落。

啊呀呀！啊呀呀！羽毛心想。这里的生命也太脆弱了！我们每人还要为此承担天大的责任！我必须要投奔别的地方，那里的人脸必得足够坚固，可以任由人盯着看或移开目光，而不会引发灾难。

我甚至怀疑这里的人是如何能够活下来的；用不了多久我就得患上心脏病。于是他跳上轿子，来到一棵树前，树上有一群高位截瘫者在开会。他要一直帮助源源不断的高位截瘫者上树，而那里已然是黑压压一片。这给高位截瘫者们带来莫大的快乐！他们透过枝杈凝望天空，再也感受不到大地的重量。这就是最大的和解。

而羽毛已经被高位截瘫者们折腾得精疲力竭，不禁内心叫苦。他又不是劳工。他对工作也没有迫切的需要。

"为您父亲的墓穴买一只小狗吧。"他们执着地主张道,神态悒惶,像一群残废。

疲倦!疲倦!有人就始终不能放过我们吗?

锁　链

独幕剧

（1937）

人　物

少女（达米狄娅）

少年

父亲：少年之父

男邻居

少女之母

旁白

　　舞台左侧是少女的家，一层是门和窗户，二层是窗户和阳台。

　　对面右侧是少年的家，同样的布局。

　　两家中间是街道。

　　少年被绑在家中一层的房间里。

第一场

(少年在房间里,双臂被粗绳绑住。)

少年:也许是疯狂,也许是骄傲。

也许是愚昧的耻辱,但被无限期地绑在这里让我很痛苦。

(他发现了那位少女。她漫不经心地看着他。)

少年:哦!美丽的尤物!

哦!我会彻底爱上她!

我深爱着她。

哎,我还被绑着。

(她又看了他一眼,漫不经心地。)

少年:我预感自己会陷入巨大的混乱。在遇到这个眼神之前,我的生活曾多么简单。我感觉自己会为她付出一切。

哎,我还被绑着。

(他回去了。)

(少女站在低矮的大阳台上。

她在一架袖珍木琴上敷衍地弹奏着。)

少女：我不幸福。我很不幸福。

你们明白吗？很不幸福！

(她哭了，转向观众说话。)

你们能明白吗？我说的不是我很满足，我说的是我"不幸福"。如果之后有人搞混了，那可不是我的错。我说的是很不幸福，对吧……

(她开始笑中带泪；随即哭得愈发悲切。)

现在，上帝保佑我会好起来……

(她的母亲——观众只能看到她的手臂——抓住她，将她拽回屋里，拽到帷幔后面。

少女退场前一直在挣扎，再上场时，她神情绝望。)

少女：他们不会让我说话的。

我很肯定。

(她退场，片刻后重新上场，状态非常平静。)

少女：我"太不幸了"，你们不要忘了。是"**太**"不幸。

(少女的家里传出一阵掌掴声。少女前去一看究竟，片刻后又平静地再度出现。)

少年（担忧地）：你家里有人在打架吗？出什么

事了?

是你的父亲吗?

少女(平静地):不是(她摇头否认)。

少年:是你母亲?

少女:(她点头表示是。)

少年:你母亲打你父亲?

少女:不是(用头表示)。

少年:你母亲打你爷爷?

少女:不是。

少年:你母亲在打人?

少女:是(用头表示)。

少年:你母亲打你舅公?

少女:是(用头表示)。

少年(愤慨地):噢!这很过……

(他继续说道)

我认为这很过分。

不过,随她吧。我爱你。

(少女对此完全无动于衷,仿佛他方才在对她说昨天下雨了。)

少年(胆怯地):我可以这么说。我很痛苦。我爱你。

在我见到你的时候,在我见过你以后。

（她依然不怎么看他，仿佛他在擤鼻涕。）

少女：别乱说。

过来指给我去树边水井的路怎么走。

少年：我不能。我被绑住了。

少女：用什么绑的？

少年：用这个。

少女：这是什么？

少年：是我父亲的意思。他用两条绳子把我绑起来了。

少女（平静地）：应该打他一顿，打你父亲。

少年：你说打他！这太过分了。

（继续说道）

你别生气。这不是我家的做法。

你其实是希望我打我弟弟吗？

少女：诶，你刚才不是还说爱我吗？你说的是假的？你说你爱我，可人家一跟你提要求，你就开始讨价还价。（她转过身去。）

少年：求你了。我是真的爱你。你不知道你对我有多……

少女（打断他）：我想让你打你弟弟的时候，你再打吧。

（思考。）

我怎么会从来没见过你?

少年:因为我父亲。

少女:又是他!

少年:他一直把我绑在楼下的摊铺里。

少女:什么!

(静默。)

然后呢?你会打他吗,嗯,打你父亲?

这会是你送我的第一个礼物。

喂,你难道不要立刻送我点儿什么?一个小东西,你懂的,作为念想。

来嘛,你站起来。

快拿来送给达米狄娅。

少年:达米狄娅?

少女(彻底愤怒):什么!你都不知道我叫达米狄娅,那你还跟我说话!

你怎么能这样?

(少年惊慌失措。)

你要打你父亲的时候,给我个暗号,嗯,就这么说定了?

否则就不算是礼物。

我现在要回家去维持秩序了。

(她到家时掌掴声更响了,随后又弱下去。)

（少女重新上场，面色平静、果决。

她突然面向观众。）

我是多么不幸！

（她转向他，面无表情。）

少女：我这话不是对你说的。

你又能明白什么？

（仍能听到掌掴声。少女返回家中。

片刻后，突然爆发出更响亮的掌掴声。

她再度回来，像刚刚狠揍过某个人。）

少女（重新恢复平静）：我真是不幸极了。

我真是烦透了。

（人们听到一声临终的喘息，有人叫喊"我要死了"。少女沉稳地返回家去一看究竟，

片刻后回来，同样的神情，一言不发。）

少年（担忧地）：发生什么事了？那是谁？

少女：是我舅舅。

少年：他要死了？

少女（平静地）：我不这么认为。

他装得很像要死了。但通常他都不会死。

少年：真的？有这可能吗？你母亲会不会把他打过头了？

少女（不耐烦地）：哦！有些人就是一肚子问题。

(这时叫喊声起:"不,不要干掉我,我求您了,别这样,请您冷静。")

(她去一看究竟,但不到片刻又回来了。)

少年:怎么回事?告诉我,发生了什么事?

一位母亲怎么可以这样殴打一位老人?(谨慎地)即便这是家里的惯例……

少女(直白地):不是我母亲。

少年:那是谁?谁竟敢这样?

少女:是一个被绑在我家里的凶手。

(若有所思。)

我在想是谁惹的事。也许真的是他听到了。舅公有时真是弄出了太多噪音。

少年:怎么会把一个凶手绑在家里!

少女:他是一个从街上捡回来的可怜人。他没有工作,我们就给了他一份工作……只是名义上的。但他很喜欢自己的工作。我们甚至让他省点力气,从来都没催过他。

让人想不到的是,他在生活中历经挫败后,还能保持活力。对,他还是那样。他总想杀人。

少年:可……可是,这很过分!这是怎样的一天!今天还有什么是我没听过的?

我家里从来没有捆绑过凶手(轻声地)……据我

所知没有，至少就我所知道的，没有……

少女：你家里！你就会说这句。说得好像是你把你家人带到这世上来的一样，你全家人都曾待在你肚子里，包括你的曾祖和他的山羊胡子。

你就是个小孩儿，谦虚点儿。

既然你的肚皮还撑不下一个孩子，你就闭嘴吧。

少年：哪儿有女孩子这么说话的！

你是知道些事情……也说出些东西……

少女：你怎么会希望我不知道？

连一岁的母狐狸，仅仅一岁，都知道这些。它知道的比你多。但它就不会吹牛。它不会说："这太过分了。"也不会说："在我家里……"

（激动地）

还有，你闭嘴，闭嘴。

你要是还没到可以打你父亲的年龄，就别再跟我说话。

你一说起你家，整面墙都会笑的，你家！

（她离开了。）

少年（在一边）：哦！我爱她。

她真让人受不了！她可真美！

（坚决地）

我爱她。我会挣脱我的束缚……

和这样的年轻女孩在一起,生活全然是另一番模样……

我会动手的。我会打我的父亲十次,如果必须如此的话……我甚至会打我的祖父!(气愤地)哦!我在说什么!我在说什么!

只要能让她之后稍稍爱上我。

这是个不可思议的女孩子,哦!不可思议!

她没什么素质才会这样说话。可我要考虑考虑我的家人会怎么想。

直到现在我还被绑着:这开头真不怎么样。

振作,我相信只要有勇气,我现在就能站起来去打我父亲。

可这些绳子也太结实了。

(脚步声起,人的脚步声。)

啊!如果是他,他会给我松绑,带我到楼下,(脚步声近)既然我有勇气……

哎!这脚步一定是来自一个非常强壮的男人!我的父亲,他走起路来是多么威严。

啊!这时机也太、太糟糕了!

我至少要确定,确定她会爱我……

我害怕,我害怕!我觉得自己会怯场。

(一个男人现身了。)

少年（颤抖着，形象全无。）：是父亲。

……是父亲。

……好吧，父亲。

        （他们一起静静走下楼梯。）

第二场

（一楼）

（下楼经过摊铺前。）

少女（严肃地）：你下定决心后都做了什么？——我刚才看见你父亲了，从他身上看不到任何像是刚挨过打的痕迹。也许是我没看仔细……

少年：我……

少女：住嘴。你没资格说话。

更何况我想起来，你之前甚至都不知道我的名字。（她走开。）

（他呼唤她。）

少年：告诉我，你舅舅怎么样了？

少女：我舅舅很好。

家里的凶手要一直休假到周末。

走吧，可怜虫。你只对弱者感兴趣。

我觉得最好别再跟你说话了：你会让我变弱的……

少年：可是……

少女：够了！

可惜这会儿没法把我家的凶手派给你。要我说他在你家可有活要干了……

可我干嘛要关心你呢？

我真是太好心了。

（她准备离开。）

少年：噢！我求你了，求求你，不要走。

我的想法跟你一样。把你家的凶手派给我吧。

少女：我干嘛要关照你？

我又不认识你。

再说他正在休假。

自打你认识我，你甚至都没送过我礼物。

（他局促不安地在自己的口袋中翻寻，从里面掏出一枚硕大的宝石戒指，交给她。）

少女：就这样！你以为我在乞讨吗！你不如说哎呀，我是一个乞丐……

少年：别生气，别生气。看呀，这宝石多美。而且只要你想，我什么都可以给你。

少女（手指捏着宝石）：它也不是毫无价值。

但你刚才可没给我。

少年：我之前没有这个，是刚从我父亲那里拿过来的。

少女（兴高采烈地）：真的么？你从他那儿拿过来的？是掰着他的腕子强行要过来的么？

（他低下头，表示"否认"。）

少女：你就没一丁点儿尊严？

我以为你至少会掰开他的腕子。

我竟然会这么以为，想必是疯了。

嘿，这是你的石头。它就是个麻烦。

少年：不要这么说，别生气。我只是把它要过来。这宝石本来就是我的，它已经给我了。

（向远去的少女喊道）我求你，恳求你，留下来。

你看，我连脸面都不要了。

你就是我的一切。你有时真让我痛苦。

你要是知道……可你根本不想了解。

少女：唉，好吧，我今天下午确实没什么急事。但留神你要说的话。

说不定这是我最后一次听你说话。

你很败兴，你知道么，大多时候，你很败兴。不过，我再给你一次机会，听你说话……嗯，说吧。

少年：好的，好的，但我要是说了让你不开心的事，别急着生气。（长久的沉默）

少女：这就是你要说的？

对了,你每天除了被人绑着,到底还能干什么?

你大概有十七岁了吧,你擅长干什么?就连蟑螂都有点儿本事,说呀,你擅长什么?机灵点儿。

少年:一年前,我曾经和我父亲去多普钓鱼,在湖上……

少女:是他在钓吗?

少年:是**我**,我钓的。有五次,我下潜到一个高个男人那么深的地方,抓回好多鱼到岸上,哦对!有这么一大堆,兜在衬衣里,沉甸甸一大包。

少女:有多沉?

少年:这么沉,至少有你的两倍重。(他笑了)

少女:你又不知道我多重。——说话当心点儿。

先把我抱起来,你再说话,然后你再比比,如果有必要的话。喂,过来呀。你不会连胳膊也没有吧?

(他犹豫着,几乎是有气无力地将她搂入怀中,抱起她。他被狂喜占据,这却让他在刚开始显得像个残废。)

少年:你会拯救我的!达米狄娅,你会拯救我的。我感觉你能拯救我。达米狄娅,你只有一根羽毛的重量,我钓的鱼加起来是你的十二倍重,纤细的羽毛,你自己都没意识到,达米狄娅,你看似孤僻、严肃,你的重量像空气,你的重量像喜悦。哦,我瞬间

就明白了……我明白了。(他亲吻她的头发,满心欢喜)

少女:(她在他怀里,将脸转向他,严肃地拽着他的耳朵,让他把脸转向她。)你还醒着么?还是你梦里的举动?就像迎风飘荡的碎布头?

(她随即用一个神经质的动作挣脱出来。
他目光灼灼地望着她。)

少女:(突然像少了些什么。)再称一次我的重量,怎么样,我想到一些奇怪的事。

(他望着她,这次用力搂紧她;几秒过后,她猛地挣脱站回地上。)

少女:我必须要走了……我已经逗留了太久。

你也是,或许你有很多事要考虑……

稍后见。

少年:一会儿见。我会摆脱束缚的,我会摆脱的。这次我向你郑重承诺。(他兴奋地叫出来,用力地挣开其中一条束缚。少女离场。)

少年:(他感到孤单,再次泄气,他仍被另一根绳子束缚着。他开始休息。)她会生气吗?不会吧。

她会像当初来时那样轻盈、灵动地回来。

她为什么就不等一等?

(他试图挣断剩下的束缚。)

噢!还是这么牢固。

可另一条我一下子就挣开了。

可能是那条绳子已经旧了。

       （时间流逝。少女再次经过。）

少女：(对他说话，却没有转头。)

来呀，既然你已经自由了，不出去还等什么？

少年：唉，我必须要告诉你。

还有一条绳子我没能挣断。

少女（在一边。）：啊！……

          （惊讶，失望。）

可另一条那么轻松就断了。（思忖）可能那条太旧了。

            （高声。）

你用尽全力了吗？

你就是这么渴望和我一起出去的？

我还有必要叫你陪我么？

           （她走远了。）

          （长久的寂静）

旁白（从楼梯间传来）：你自由了，我的孩子。

        （缓慢地，语带责备。）

给我派过来一位凶手的也是你吗？

你自由了，我的孩子。

正给我派过来一位凶手的也是你吗？

你自由了，我的孩子。

也是你……

少年：够了。我再也不能忍受这个声音。它让我疯狂。

（他在暴怒中挣断了束缚，脱身逃离。长久的寂静。少年面有得色地回到门口，双手自由地吃着一个橘子。少女心事重重地望着他。）

少年：你知道么，这次我打他了。是的，我打了他，我的绳子也都断开了。

少女：啊！到底还是这样！

少年：这就是你要说的？

这可费了我好大气力，你能想象吧；要不是为了你……

少女：你有想过把他的脑袋往水里按一会儿么？

没有？那就还不完满。

少年：哦，有的！这足够了。我原本不该这么想。他态度完全变了，承认了自己的错误。我没理会。他很激动，这也可以理解。（他笑着吃起了橘子。）

可你是怎么了？在赌气吗？你不高兴了。也替我想想吧，我这个可怜人，经历过所有这些难堪，我不能把他扔到水里去。他内心深处很胆怯，和我一样。可不对，你还有别的事。怎么了？说话呀，说话。

少女（一脸震惊）：所以你就吃上橘子了！你就一点儿也不敏感吗？

父亲（观察着他们）：

又来了！

可怜的小子！

很奇怪。他是我儿子，我却不恨他。我甚至感受到了对他的爱。

噢！这也太可笑了，我需要掩饰这些情绪。

我有时要扪心自问我们的惯例是不是过于奇特。

别的惯例或许应该也适合。试试就知道了。

我是怎么了？怎么会有这些疯狂的想法。规矩还是要有的。

（过了一段时间。）

他本可以把我的头按进水里……但他没有这么做。

他很强，只是缺乏自信。

总之是个胆怯的人；跟我一样。

我会尽量照顾他，但要不露声色。

（他漫不经心又有些迷惘地将一件绿色衣服拿在手上。）

男邻居：啊！啊！终于！他拿上那件绿衣服了！

所以你是被你儿子打了。你让他对惯例一无所知，这种状态应该结束了。

唔！唔！他的手虽然放在那件绿衣服上，

但他还不够坚定……我看出来了……

(父亲沉默。)

男邻居(心不在焉地)：算了，别伤心。

你打你儿子那么长时间，还打你父亲直到他去世；你还想怎样？

父亲(在一边)：他不明白。他不会明白。他跟所有人一样。

男邻居：他是最值得怜悯的。走吧，你还要去打你叔叔。

噢！当然，他不像儿子那样年轻、清爽又奔放。但还是要给自己找个理由。

父亲(高声地，却心不在焉地像是在自言自语)：是啊，确实。我不该心存幻想，妄图改变习俗是很不理智的。

男邻居：一直悬而不决也很不好。把这绿衣服穿上吧。

其他念头显然是无益于身心的。

走吧，再见。

父亲(独自一人看着他的儿子和少女经过。他们没有拥抱，但肩并着肩，温柔地看向彼此，手牵着手。他在另一边。）

我应该和他们保持距离。

但我是高兴的。我想他会幸福的。

那个女孩那样干脆、漂亮、泼辣，怎么会对一个如此羞怯的男孩动心？

捉摸不透！少女最后的一点坚硬在她身上也不复存在。很快就连她自己也想不明白了。

几天之内，一天之内，他们就步入另一个年龄。

（他把绿色上衣甩到肩上。）……而我呢……

这个小达米狄娅，人们已经认不出她来了；她的双眼已经有了天翻地覆的变化。

就连我妻子也不曾有过如此明亮的眼睛。

我儿子也有了天翻地覆的变化。

我之后再操心他们吧。

就这样吧，我要走了。此时此刻的情绪有点儿可笑。

（落幕）

建造者之剧

独幕剧

创作于1930年,1937年于巴黎演出

第一场

这幕剧发生在避难所四周的花园小径上,一群建造者在散步。

他们中的一部分人在谈论自身,一部分人在谈论宇宙。

他们的外表:成年人,爱思考,饱受困扰。

可以看到远处有看守,每当他们靠近,建造者们就会散开。

A.(骄傲地):我玩骰子的时候,经常突然对自己说:"我可以用这个骰子造出一座城市。"但只要整座城还没造完,就连其中的一部分都没有竣工。

可这也太难了……要让英国人都居住在这个骰子里,再配上他们不惜一切代价也要拥有的广场中心花园,还有高尔夫球场,哎,谁说容易谁去做好了。那说容易的人为什么还没做呢?应该不是骰子不够用了,我猜。

B.(好意地):听我说。你们先把手放在跳蚤上。跳蚤不仅纤小、敏感,尤其喜欢跳跃。(面向所有人。)承认吧,你们。都别生气,你们所有人都很清楚,跳蚤就靠跳跃活着。

A.(激烈地):您曾经让英国人都住在一个跳蚤体内?

(生硬地)我们能看到他们么?他们还得是完整无缺的,对吧?

B.:完整无缺……为什么不呢?他们又不比其他人更脆弱。对了,曼彻斯特就被英国人拖垮了……

C.(温柔地梦呓):我呢,我曾建造过一座城市,人们在那里可以……人们本可以期待在那里过上平静的生活……可惜事与愿违!

我虽然最终把它造了出来……但那里的街道极其狭窄,甚至连一只猫都只能艰难通过……小偷们甚至不会试图逃跑。他们事先就被困住了,这是注定的。他们待在那里,一动也不能动,满眼焦虑……

E.(正经过)……嗯,您想必在您的城市里遇到麻烦了吧。(他驻足片刻,听对方讲。)噢!这可真糟糕……(他走开了。)

C.(继续他的梦):在我的剧院里,没有观众。

我曾在楼座里安放望远镜。它们待在那里,屏息凝神几个小时……仔细挖掘戏剧性……还有顶层楼座里也放上小望远镜，它们相互倚靠着，感同身受地望着……望着……

B.（若有所思地）：对呀，望远镜，我们应该可以用这个。

C.（热烈地）：哦！还有小望远镜……（继而又梦呓般地徐徐说道。）

……九月的夜晚，我的房子们精疲力竭，突然就塌了，门和窗敞开着，它们的烟囱却延伸出去，像雌蕊一样向外发散……像钟楼……

……还有我的冰川城！围有矮墙的冰川矗立在那里，连最年幼的海象都有自己的领地，是它自己划分出来的领地，它用庞大的身躯划出一条条纹路……

被煮沸的鲸鱼们在清晨的街道中搁浅，堵塞了所有路径，它们散发出的气味简直像……

A.（暴怒地）：鲸鱼！鲸鱼！我可不要。我们的地方已经够局促了。他应该只考虑体积最小的。我在骰子里工作，尽心尽力，我把自己弄成了近视，而现在有人要把鲸鱼往我们这里引。那只能把它们缩小，让它们变成蝌蚪！（声音可怖）蝌蚪！

B.（与C商量着）：这很合理，你知道的，我们在这里受到严密监视。我们因子虚乌有的事被劫持到这个地方。你会离开，然后看着我们和鲸鱼待在一起。我们不了解它们。这些动物只需一丁点水就能翻腾、栽倒、吓唬人。这可算不上什么赏心悦目，对吧，兄弟，伟大的建造者。（短暂思索后，他慈爱地说道）你也许可以做一些假鲸鱼，如果有间谍来，你就戳刺你的鲸鱼，让它们在这些人面前爆炸。如果他（指着A.）打扰到你，同样的办法……让它们在眼前爆炸。鲸鱼？没看到！没有鲸鱼！（笑着）鲸鱼下潜了！

（众人注意到看守们走近。）

（A.、B.、C.迅速闪开……闪开……他们噤声，向舞台边缘走了几步。）

D.（一直坐着，泪流满面）一帮混账！混账！窃贼！

（抽泣着）我这么辛苦地在我的眼睛里筑造，我很快就要失明了！（沉默。）

……不能这样，在我经受了我所经受的一切，我不能让他们再来抢走我的财产。

第二场

人物：F.、G.、B.、D.

F.（坐着陷入沉思，字斟句酌）：一座城市……最糊涂的人也能造出一座城市。我呢，我想造一座"能跑的"城市，而且要让它跑着……一直跑……总之就是跑！那就只能连续跑二十五年，这可不方便。到时候一定会导致某种枯竭。但我可以让一切保持稳定。你们会发现，奔跑也能变得很容易并且……很连贯。

G.：不对，我不造城市。我造奔月的炮弹。它不仅去过月亮上，而且是从一端到另一端贯穿它。这没什么，对吧？

天父：连续奔跑二十年，不，我们并不乐见此事。这对人类不好，不算这件事，人类已经有不少逾越之处了。

B.（对天父说道）：您是不是也不该允许炮弹可以抵达月亮。

天父：月亮什么也感受不到，我的朋友，我在掌控它。

D.(疯癫癫地跑过来,哭泣着):天父,我请求您,请把他们放到我肚子里的那座城市搬走吧!天父,我请求您!

(然而守卫们快要到了。建造者们散开,待守卫们走远又重新聚到一起。)

第三场

人物：天父和 H.

H.（痛苦地）：我的朋友叫卡德之眼，他建造了一只苍蝇，个头有一匹马那么大。有了这个坐骑，他可以去到很远的地方。是挺不错！可一只"苍蝇-马"跟我造过的成千上万件东西比起来又算得了什么，我的这些东西遍布全世界，很多地方清一色是靠我的作品构建而成的。

天父：谁去为我把卡德之眼找来，他败坏我的作品已经有很长时间了。

H.：噢，他是没什么天赋。

天父：够了！我认出你了。像这样的柏柏尔马，世上不会有两匹。眼下就来了个样本！去将地狱之锅准备好！快点儿！

见鬼，你怎么能浪费这么多苍蝇？看看这些疯掉的马，你就不觉得自责吗？这可是之前由我负责喂养、教导的那些马？因为它们当时什么都不懂，甚至都不会恰当地放下自己的蹄子。又是谁该为它们提供母马？是我，总是我。有谁能让我休息片刻？（守卫们出现了。建造者们作鸟兽散。）

第四场

D.（回到舞台上；兀自沉浸在美好的回忆中。）：过去，我曾在木星上建造过……一片辉煌的领土；一座完美无缺的地下城，但女人们无法在领土之外找到乐趣。我的女人……您明白吧，但这一切都会结束的①。我发现了一些HDZ粉末。（他手里捻动着沙子。）有这个就可以独自离开了。（指着守卫们。）他们再怎么监视也没用，呼……就此别过。（转向其他人）来木星上吧，来吧，所有人都有活干。我们今天下午就出发。

（几个人神情迷乱地重复着：我们今天下午就出发！我们今天下午就出发！守卫们走近了，建造者们作鸟兽散。）

F.（独自静坐，望向守卫们严肃思索着，像是要

---

① 在1930年的手稿中，米肖此处的原文为："我的女人向所有人大吐苦水。她把我打发到这里。好吧，但这一切都会结束的。"这句话在出版时被删除。——译注

对他们施法,他一边点着头,仿佛决心已定):这当中没有错误,要做的就是把他们变成雕塑……就这么简单。

第五场

（C.突然起身，冲背对着他们的众守卫做出一系列催眠手势。C.让建造者们作证。）

C.：去那边，那边！很快就好了，那边，非常平滑……非常坚硬……（突然，守卫们移动起来。）

混蛋们！时机刚刚好！

B.（笑着）：我们把他们变成烟囱怎么样，噗……噗，变成火车烟囱，噗噗……噗噗噗……噗噗噗噗噗噗（模仿火车远去的声音，同时挥手道别。）永别了！永别了！

D.（温和地对B.说）：别管他们，想离开的人是我。

A.（在此之前一直神经质地走来走去，在他们中间摆出一副傲然姿态。）

你们不用再担心了。我的鞑靼人都在那儿，在另一侧。今天下午，两点的钟声一响，我向你们保证，两点的钟声一响……（他手舞足蹈地比画着，像是要说明他们将会摧毁一切,他突然走开。)监视咱们的这堆小人会被全部消灭!

天父(也变得心烦气躁,转向守卫们。)依我看,你们这些无可救药的罪人,你们行为不端,活该如此。(转向建造者们。)我把他们交给你们了。(他像法官一样离开。)

第六场

C.（望向远处。）所有这些人都被我变成了平原！看这一片广袤之地，这里的一切都是守卫们变成的。那边的那棵树，曾经是一个守卫，一个老混蛋。我在他睡觉的时抓住他，只消把他立起来就完事了……

看，这一片天际，这需要耗费大量守卫。我还要再用剩下的守卫在那边造出几座山丘。（指向天边某个遥远的点。）今天下午……我将为你们详细展示我的领土。一片全部用守卫造出来的领土！

第七场

A.（回到台上，神色不善，从左向右摆头，与E.攀谈，先后抓起E.的两只耳朵迅速检查一番。）：不错！给我一只耳朵，这只或那只，随便你。我会还给你的。我会将听力还给所有聋子。（E.大叫着逃走。A.抓住C.的耳朵。）过来嘛，你过来。凑过来让我看看。让我看看。我会立刻把耳朵还给你，还要把它装修得豪华庄严。我会在你的耳朵里建造一座城市，一座圣城，看着吧。一座属于我的城市，有很多火车、火车，有地铁，还有鲸鱼，既然这是你想要的。鲸鱼，状态松弛的鲸鱼。（兴致勃勃）飘在空中的鲸鱼，俯冲，滑行，飞舞；对了，可以操控的鲸鱼。（与此同时，C.一直在叫喊，因为他的耳朵一直被A.揪住不放）这得引起多大的骚动。全都是鲸鱼。不再有庇护之地。他们来了。谁打算要撤退的？（守卫们快到了）

（高喊）来吧，他果断地冲进鲸鱼身体里。（他扑向守卫们,被人拖住;但他每说完一句话,仍继续有节奏地向前扑。)

来吧,死亡驻进灵魂,他潜入鲸鱼身体里。(他略向后退,随即借助愤怒的力量继续扑向他们。)

来吧,他已癫狂,他冲进鲸鱼身体里!

....

来吧,他闭上眼,潜入鲸鱼身体里!

....

来吧,他隔开堆积成山的干瘪身体……(他最终被人带走了。)

C.(他未曾移动,数着守卫的人数,淡定思考着)还有七棵柳树要种!明天下午再说吧……或者七株灌木丛……或者七……七座山丘。就这么定了,对,就山丘吧,还是这个最有把握。

(落幕)

跋

我不止一次在自己身上感到被我父亲"附体"。我立刻奋起反抗。生活中,我曾对抗过父亲(还对抗过我母亲,对抗过我的祖父、祖母、我的曾祖们);我未能与更久远的先祖斗争,因为我不认识他们。

我这样做的时候,又是让哪位我不知道的先辈在我身上复活?

总体而言,我不会率性而为。我这种不率性而为的做法,又是依从了哪位我不知道的先辈的秉性?是出自哪一群体,又是出自先祖们的何种平均状态?我永远变化不定,我让先祖们奔来跑去,或是他们让我奔来跑去。其中一些人只来得及眨了眨眼,就消失不见。某位先祖只会在某种氛围中、某个地方才出现,而从不会在另一个地方,以另外的姿态现身。先祖们数量庞大,彼此角逐,来去迅疾——这也令我为难——我不知道可以依靠谁。

一个人的出生有太多起源。——(先祖们仅只是携带伦理倾向的染色体,有什么要紧?)还包括无处不在散播的旁人、同辈们的想法,以及朋友们,乃至种种想要效仿或"反对"的倾向。

然而我希望成为试验室的好主管,希望被认为已妥善应对我的"自我"。

我支离破碎,四散零落。我捍卫自己,却永远找不到各种倾向的统领,或者我会立刻将他罢免,他也随即让我周身不适。究竟是他抛弃了我?还是我舍弃了**他**?阻拦**我**的是我本人吗?

小美洲狮出生时身带斑点。随后,它身上的斑纹会逐渐消退,这是美洲狮为对抗祖先所展现的力量,但它无法克服食肉动物的口味、对跃动的沉迷、它天性中的残忍。

早自数千年前,它就已为征服者所虏。

自我是由一切造就。一句话中的转折,是另一个我在试图现身吗?如果"肯定"是我的意见,"否定"就出自第二个我吗?

自我从来都是暂时性的(在面对某人时会变化,在另一门语言、另一种艺术中,个体的自我也会变化),自我之中孕育着新人物,会因一次意外、一种情绪、一时兴起被释放出来,并将前一个自我驱逐。每每令人惊讶的是,这个人物通常是瞬间形成的,并且已然内外俱全。

一个人也许不是由唯一的自我组成的，执着于此是错误的。统一性是一种偏见。（无论何时何地，这都是一种导致贫乏、具有牺牲性质的意愿。）

一个人在双重、三重、五重的生命中会更加自在，会在潜意识与意识处于敌对状态时，更少受到潜意识的侵蚀和麻痹（敌意即来自其他被剥夺的"自我"）。

一天乃至一生中最大的疲惫可能来自努力和不可避免的压力，即面对改变自我的持续诱惑，还要尽力保持同一个自我。

人们太想成为某个人物。

并没有单一的自我。也**没有十个自我。自我并不存在。自我只是某一平衡位置。**（除了这个位置，另有上千个潜伏的平衡位置永远在蠢蠢欲动。）自我只是"我"的平均状态，是一种群体运动。我以众人的名义在这本书上署名。

但这是我想要的吗？是我们想要的吗？

压力由此而来（**原动力**）。

怎么办呢？ 我要安排座次，这让我有些为难。

自我中的每种倾向都有它的意志，正如每种想法自它出现、成形的那刻起就拥有了独立的意志。这是我的意志吗？这个人在自我中拥有了独立的意志，别的人呢，某位朋友、过去的某位伟人、释迦牟尼、其他各种人、芸芸众生、帕斯卡①、哈罗②呢？谁知道呢？

是大多数人的意志吗？还是最严密的群体的意志？

我不想有什么意志。我似乎是想和自我抗衡，正因我并不执着于某种意志，这也成了我的意志。

……群体，我设法可以应付一群运动中的自我。正如万物都是群体，一切思想、所有瞬间也都是群体。所有过往、所有延绵不绝的、所有被改变的事物，万物也是他物。从来没有什么事物可以被最终界定，也没有可能如此，一切皆然：无论是关系、数学、符号抑或音乐。没有什么是一成不变的。没有什么是固定属性。

我的形象呢？是各种关系。

我的思想呢？"自我"的所有思想可能恰恰是彼此矛盾的，"思考主体"在运动中失去平衡（阶段2）

---

① 此处指布莱士·帕斯卡（Blaise Pascal, 1623—1662），法国数学家、物理学家、哲学家及神学家。他的哲学性情及其《沉思录》中的片段式行文结构与米肖不乏相近之处。——译注
② 此处指厄内斯特·哈罗（Ernest Hello, 1828—1885），法国激进天主教作家、文学批评家，其神秘主义思想对米肖影响深远。——译注

或恢复平衡（阶段 3）。但阶段 1（平衡）依然是未知的、无意识的。

在真正的、深邃的思绪流动过程中，大概既**没有有意识的思想**，也没有图像。被发掘的平衡（阶段 3）是最糟的平衡，一段时间后就会显得令人生厌。哲学史就是接连选取有意识的平衡位置的历史，而这些平衡位置都是虚假的。那怎么办……是不是**最终要通过"火焰"的末端才能理解火？**

我们要谨防将作者的思想奉为圭臬①（即便是像亚里士多德这样的作者），更要留意的是他头脑深处的东西，即他所希望达成的目的，他的控制欲和影响欲所试图强加给我们的印记，尽管这些欲望被他悉心隐藏。

再者，他对自己的思想又知道多少？他的了解极其有限。（正如眼睛并不知道叶子的绿色是由什么构成的，但仍可以满怀赞叹地欣赏它。）

他思想中的组成部分，他并不了解；有时勉强知道第一层的；但第二层的呢？第三层的呢？第十层的呢？无论是久远的还是周遭的，无论是决定性的，还是他那个时代令人称叹的思想构成，他并不了解（最

---

① 思想的重要性不及它出自何种视角。——原注

浅薄的初中学监要三百年后才能领会)。

他的意图、激情、控制欲、谎语癖、神经质、说理欲、胜负欲,他对施加诱惑、使人惊奇的渴望,对相信并使人相信那些悦己之物的渴望,对欺骗的渴望,对隐藏自我的渴望,他的欲念与憎恶,他的各种情结,他在无知状态下要与自己的器官、腺体、身躯的隐秘生命、种种机能残缺协调共处的一生,这一切的一切对他而言都是陌生的。

他的"合乎逻辑"的思想呢?它实际是在由诸多不合逻辑的以及逻辑类似的想法连缀而成的套筒里流动,它如同一条笔直向前的小径,切断了各种环路,并从这个血管分布错综复杂的世界中攫取(只有通过切割才能攫取)一截截淌血的片段。(所有花园对树木都是严酷的。)(形而上学意义上的)原初真理的简单性只是假象,随之而来的是极度的多样性,它本该被传递,却被略过不提。

同样,在某个点上,意志与思想交汇,不可分割,相互曲解。思想–意志。

同样,在某个点上,检验思想会使思想被曲解,正如在微观物理学中,对光(光子的路径)的观察会使光变形。

一切进步、一切新见、一切思想、一切创造似乎都在（用一束光）创造阴影地带。

一切科学都会引发新的未知。

一切意识都会引发新的无意识。

一切新贡献都会引发新的虚无。

正如时常发生的那样，读者，**你此刻所持的这本书不是由它的作者完成的**，而是由众人参与其中。那又有什么要紧？

符号、象征、跃动、坠落、出发、关系、冲突，万物皆参与其中，为了重启，为了探寻，为了去向更远方，为了其他。

作者身处其间，变动不居地度过他的一生。

你呢，或许你也可以试试？

亨利·米肖